公众学术话题

黄苗子

人文艺术漫谈

说真话

北京大学出版社
PEKING UNIVERSITY PRESS

图书在版编目(CIP)数据

说真话：人文艺术漫谈/黄苗子著.—北京：北京大学出版社，2011.1
(公众学术话题)
ISBN 978-7-301-18253-6

Ⅰ.①说… Ⅱ.①黄… Ⅲ.①小品文—作品集—中国—当代
Ⅳ.①I267.3

中国版本图书馆 CIP 数据核字(2010)第 246382 号

书 名：说真话：人文艺术漫谈
著作责任者：黄苗子 著
策 划 组 稿：王炜烨
责 任 编 辑：王炜烨
标 准 书 号：ISBN 978-7-301-18253-6/B·0949
出 版 发 行：北京大学出版社
地 址：北京市海淀区成府路 205 号 100871
网 址：http://www.pup.cn 电子信箱：zpup@pup.pku.edu.cn
电 话：邮购部 62752015 发行部 62750672 编辑部 62750673
出版部 62754962
印 刷 者：北京宏伟双华印刷有限公司
经 销 者：新华书店
890 毫米×1240 毫米 32 开本 8.625 印张 150 千字
2011 年 1 月第 1 版 2011 年 1 月第 1 次印刷
定 价：28.00 元

目录

黄苗子

说真话：人文艺术漫谈

说真话

有那么一个耐人寻味的笑话：

有个相士，在当地很有名，属员把他介绍给知府老爷看相。相士左右端详了老爷半天，摇摇头说："老爷耳大无轮，嘴大无唇，眼大无神，看来看去像个兔子。"老爷大怒，叫人把他捆起来。属员看了着急，暗中埋怨相士不该自找苦吃，然后对老爷说："这相士刚才胡说是喝醉了，经老爷捆起教训了他，已经醒过来，愿意替老爷认真看个福相。"老爷答应了，把相士解缚，叫他重新来看。那相士又看了半天，却四望周围要找绳子，老爷奇怪问他，他说："还是请把我捆上吧，越看还是越像兔子。"

这个笑话是说，一个人要说真话不容易，得

有随时被老爷捆起来的精神准备，否则你只好昧着良心把老爷恭维一番，或者“避之则吉”，“三缄其口”。

然而，如果世界上真有为了要说真话不怕绳索加身的相士，这相士毕竟是可敬的。相士是唯心论者，但在说真话这一点上，他是唯物的。唯物主义最重要的一条，就是以实事求是的态度，承认客观真实的存在。

有个寓言说驴子问伊索：你为什么老是把我说得那么蠢。伊索笑着回答：“我不把你说得蠢，人家就把我当驴子了。”伊索被千古认为聪明人，就因为他说了真话。

当然，我上面说过，说真话是不容易的。三百年前。你主张地球是绕太阳转的，你就会被烧死在罗马；二十年前，你说中国应当计划生育，你就会被戴上“资产阶级人口论”的帽子。于是，在“十年浩劫”中，谎话、假话、鬼话流毒全国，声嘶力竭喊“万岁”的正是心怀叵测的大叛徒，阴谋篡权的女人被称为“旗手”……在那个时期，有几个“相士”，敢于说真话呢！

只有肝胆相照的好朋友，才肯对自己朋友的缺点说真话；只有真正为人民利益的领导者，才肯认真听取来自各方面的真话。

三中全会以来，提倡大家说真话，这确是一剂对症良药。今后的“相士”再也不用去找绳子了。

然而，敢说真话和肯听真话的人，到底还是难能可贵的。

烽火断忆

明清人笔记中，都提到老年人的特点之一是“记远不记近”。昨天什么人说过一件事，总是想不起来；三四十年前遇到过什么事，一提起就如在目前。这并不是老年人的怪癖，而是生理关系。

对于“血肉横飞”这个词，在我来说，体会得最早、印象最深——一辈子也忘不了的是 1938 年夏天在广州。我清楚地记得那天中午同夏公（夏衍老人，那时他是广州《救亡日报》负责人）、林林、叶灵凤、高汾、郁风等几个人在长寿路一家人家吃中饭（主人似乎是当时在广东任省政府“咨议”的祝秀侠），正举箸间，突然响起了“警报”，当时也来不及吃完饭，就匆匆跑到附近一处简易“防空洞”(其实是堆起几个沙包)躲起来。跟着就听到了飞机低空飞过的“呜呜”声和机枪扫射声,接着是“轰隆”、“轰隆”的炸弹在附近爆炸声。好容易到了下午,警报解除,我们经过珠江北岸的长堤各自分手,他们赶紧回《救亡日报》写报道发稿,我回省府上班。但那天的长堤,现在想起来还是心酸:横七搭八的肢体,炸得完全变形的蜡黄尸首;马路边上,电灯杆上,乱挂着人的四肢五脏;马路被炸塌了的房子堵塞了,珠江两岸都弹痕累累。原来敌人的目的是炸毁海珠桥,但没有命中,结果长堤上的老百姓和疍户(船艇上的水上人家)惨被无辜屠杀。“血肉横飞”这四个字多么残酷,没有亲身经历是想象不出的!但是残杀无辜并没有吓倒中国老百姓。记得第二天,由抗敌协会组织的浩荡的人海和震天的吼声,依旧进行了长达数里的示威游行。记得那一天,我同漫画家廖冰兄路过太平路,被这火一样的热潮所激动,也顾不得上班工作,手挽着手加入了这个激昂的队伍。

1938年10月,敌人占领广州。我随着机关撤退到粤北连县,有一天也遭到敌机的轰炸。记得那天下午我同那时的教育厅长许崇清先生从躲警报的燕喜洞(一座离乡镇较远的天然岩洞)出来,在回到驻地途中,同样看到一个中弹的林子里无辜百姓血肉淋漓的惨状。许老擦着眼镜,老泪纵横地走过,自言自语地说:“国家,民族,炎黄子孙,怎能够永远让它这样受摧残!”

1940年初夏，那时我已在重庆，因为一个人没有地方住，就在中一路名摄影家——那时是中央通讯社摄影部主任的罗寄梅家借了一间房子。那时几乎天天“跑警报”，但文艺活动还是没有停顿。有一次，名画家赵望云要在重庆办展览会，已商定了在中三路中苏文化协会举行。望云住在璧山县，到重庆要坐四小时长途车，他和我商量好，先把一百多幅画运进城，寄放在我家里一天，星期一就搬到会场去布置。我答应了，第二天是星期天，我把门锁好，一早同特伟（漫画家，解放后长期任上海美术制片厂厂长）、宣文杰出门到赖家桥去。当天下午回到中一路，远处看到烟焰，房子已经被燃烧弹化为灰烬——当然连同赵望云的一百多幅精心作品。那天晚上，特伟带着我到中苏文化协会在会议桌上睡了一夜。当时我给香港的文艺界朋友写信说：“……但一转念，此仇此恨，原属于整个民族仇恨之一根纤维，总有一天，整个的仇恨得到解决，则一辈子可以无憾。……上海我失去一批书，广州失去书画不少，这是第三次了。早6点钟，从桌子上爬起来，和特伟分手了，拖着唯一的浅予送的皮夹克和一条面巾，袋里挂一个牙刷，经过满是颓垣断瓦的枣子岚垭，想到不知今晚住到哪里去时，才真有点‘难民’的感觉……”这封信曾被发表在香港郁风主编的刊物《耕耘》上，所以现在还留下痕迹。赵望云已经在70年代中病逝，每想起他这一次烟消云散的“展览会”，我总感到有些歉然。

抗日战争时期的大后方，也不是整天愁眉苦脸的。朋友们在市区郊外，也不时传来一些笑话。例如名舞蹈家戴爱莲女士.那时刚从英国回来参加救亡工作，她当时还会说英语，普通话说得勉勉强强。那时她住在北温泉，曾经因为邻居的狗的干扰而去找主人控诉，她结结巴巴地用普通话对邻居说："你家的狗想在我腿上吃饭。"邻居果然明白她的意思，向她道了歉。乱世男女，更反映了当时社会的一些问题。记得抗战前一位上海的女演员，在战争初期误嫁了一位有权有势的军阀。我那时把这件事同阳翰笙先生说起，并即席凑成打油诗三句："长沙市上女裙钗，扶摇直上老鹰崖（'老鹰崖'是当时权贵要人的住处），侯门一入深如海。"翰老立即接上一句："何不回过脸儿来。"但翰老的愿望落了空，她还来不及"回过脸儿"，就以悲剧告终，送了命了。这件事，我想翰老至今还会记得的。

学书随想

一

我试图用书法这种艺术，把“运动”储存起来，然后让观赏者自己去把这种运动打开（解放出来），通过感官传达，触动他去感受这种书法运动的魅力——抑、扬、顿、挫所发生各种强烈、柔和、飞速、缓慢、刚强、婉约等运动之美。我试图以书法中点、线、面的变化运动，形成书法的韵律感，从而把观赏者带入一种美的境界，但由于我的拙劣，这种意图往往失败。

二

墨，书写在白纸上所发生的效果，是两种基本色——黑与白的变化与对比，通过这两个对立的基本色的互相配合、互相排斥、互相衬托、互相冲击的相反相成关系，产生中国书法的美。《老子》说：“知其白，守其墨。”古代书画理论，也提过“计白当黑”之说。黑墨构成书法美，空白也构成书法美。懂得这个道理，书法的“结体”和“章法”，就大致解决了。

不要小看印章的安排位置，这占比例很小的红色，是黑白变化的补充和强化，是“画龙点睛”。

三

艺术方面几何秩序的追求，在中国是从新石器时代的彩陶艺术开始的。古代甲骨、金文、小篆、汉隶，都普遍注意几何结构和对称变化的造型构思。中国书法，早就遵循艺术规律的发展。在汉瓦当、汉镜、汉印、汉砖刻文字中，文字的装饰意象达到高潮。这种古代书法的自由化和创新刺激、抽象性和装饰性，仍然对今天的书法发展，具有魅力。

四

苏东坡早就提到:“书必有神、气、骨、血、肉五者,缺一不成为书也。”中国书画,都讲究神、气。所谓“下笔有神”,所谓“气韵生动”,是书画给人的精神感受。颜书刚劲,精力充沛;褚书柔中有刚,婉逸多姿。这些都是不同的个性和风格,表现出不同的神、气。

神、气又是骨、血、肉的总体或归结。清代朱履贞说:“臂腕须悬,悬则筋生。……指尖不实,则骨骼难成。血为水墨……肉是笔毫。”(《书学提要》)虽然历代书评家对此五者的解释不尽相同,但以生命比喻书法这一立论,今天仍值得我们参考。很难想象一幅没有生命或没有运动感的书法,能够感动人。梁武帝把王羲之书,比做“龙跳天门,虎卧凤阁”,就是肯定了王书生龙活虎的生命力。

五

书法和音乐、绘画、舞蹈等是姊妹艺术。

从某种意义看,书法应是可见的音乐,因为两者都在探索韵律、节奏、音色等所给人美的享受。书法应是凭视觉感的音乐。

古人早就提过“书画同源”的理论。书法和绘画在艺术领域中更接近，它们经常携手并进。但书法毕竟是书法，它不能混同于绘画，不宜“绘画化”。共性不能代替各自的个性。

六

“学书者始由不工求工，继由工求不工。不工者工之极也。《庄子·山木》篇曰：‘既雕既琢，复归于璞。’善夫！”（清刘熙载《艺概》）“工”——严格掌握书法的规律。“不工”——规律的突破，新规律的发展。超越了“雕琢”，无斧凿痕，故曰“工之极也”。

应是书法之辩证关系。

七

古人的作品应当借镜，古人的理论应当借镜。卫夫人的《笔阵图》到康有为的《广艺舟双楫》应当研读。日本的新书法、西方现代美学和心理学说，都可以借镜，但必须植根于自己民族的土壤，植根于今天的生活感受。任何经过消化的取舍和借镜，都是为了表现能力的充实，艺术感染力的加强，而不是哗众取宠，玩弄花招。

八

书法是用魔棒指挥出来的。

一根线——纵线或横线，如果像机械制图一样呆板笔直，产生不出书法的美。书法家运用毛笔的特点——刚、柔、轻、重、顿、挫，呆板的线，呈现“悬针”、“垂露”、“折钗股”、“屋漏痕”、“金刚杵”、“兰叶波”等。基于美感和激情的变化，于是简单的线就成为魅人的书法艺术——有如钢琴家把简单的键子弹出神妙的声音一样。

九

写字作画，古人提出“意在笔先”。如果事先没有一个构思，没有一个大致的设计意图，不会成功一件艺术品。但下笔之后，由于笔墨落到纸上不可预测的变化，绝对不会完全照原来的构想实现出来。唐诗人戴叔伦描写他的朋友怀素作书时，说他“心手相师势转奇”，说明脑中成熟构思与手中随机应变两者互相为契机，才能墨酣笔畅。艺术家在发抒感情、进行创作时，为什么有所谓神来之笔？这种心手微妙配合的境界，正如戴诗末句所说的：“怀素自言初不知。”

十

最早的书法——例如甲骨文，主要是以线的组合变化构成形象的美。

线引申出面——方、圆等，它随着线的演变，早就被我们的祖先发现了（从彩陶到甲骨文，都看出面的造型）。

书法的基本线：

横线——由左到右的横线，是可以由两端延伸的地平线，是“冷”和“平”的运动。

纵线——由上至下的直线，和横线成直角形，向下延伸，与横线相反的简单运动所形成。

对角线或斜伸线——横线和纵线的变化，又是横、直线之间的调和。

线是点的延续。在甲骨文中，点的运用不如线普遍，但它和线（以及线组成的面）一起，构成书法艺术不可或缺的因素。

中国书法长期的发展、演变——篆、隶、真、草等各种书体，终究是点、线、面这三个基本因素化生出来的。

十一

韩愈说张旭的草书：“有动于心，必于草书焉发之”；“观于物……可喜可愕，一寓于书”。

“有动于心”是作者在生活中对外界事物的感受、激动。现代人接触到今天的万事万物，产生了“可喜可愕”的激情，发抒在书法上，创造了今天的书法艺术。书法艺术，又把“可喜可愕”，“可歌可泣”感染于观赏的人，并且发生共鸣。创作与欣赏像阴、阳两极电流的洽合，发出艺术的光和热。

艺术产生于人生的感受，产生于激情。“张旭三杯草圣传”(杜甫)，张旭借酒来催发激情。我不喝酒，望古人而兴叹，奈何!

十二

临摹古人前人碑帖，是学书法的人们的手段。汉、晋、唐、宋、颜、柳、欧、苏，像上饭馆点菜，像青年人找对象，通过自己的习近和爱好去选择。把选中碑帖临摹咀嚼，长期下点苦功，一口气摸透它的规律，然后再选其他不同体裁的碑帖，反复临摹，直到得心应手，掌握了书法的一些规律，然后从各家中跳出来，写出自家面目，把掌握了的书法规律发展变通，这才是学的目的。书法家要开阔胸襟，绝不限于狭隘地钻研书法，必须广泛经历仕途，见闻扩大，可歌可泣之事充盈自己的感受，才能迸发激情，感染他人。

然而这还不够，一位成功的书法家还要从音乐、绘画、舞蹈、诗词歌赋去吸收艺术营养。张旭看公孙大娘舞剑器而得草书之神。广泛的艺术修养，是一位书家必须具备的。

书法之妙，我能道出一二，但在实践中，却又感到捉襟见肘，迷惘徘徊。“纸上得来终觉浅，绝知此事要躬行！”（陆游）

藏书和藏书印

读书和藏书应当属于一种“雅事”，或者叫做高尚行为。可是世界上任何事物都会因一定条件就异化，藏书也不例外。

十多年前，阿英同志的藏书是有名的，许多明刻的珍、善本书，是他五十多年从南北各地、从戎马倥偬中辛勤搜购的。50年代后期，他住北京棉花胡同，那时除了李一氓、齐燕铭、徐平羽等同志常去看他以外，还有一个福建口音的人，也常到棉花胡同借阅阿英同志的明版书。

“文革”中，阿英在文联被关进“牛棚”。那时，那位炙手可热的福建人忽然给文联造反派去个电话，叫把阿英同志的所有藏书送到某处集中，“不许散失”。造反派遵命行事。后来在某一夜，几部汽车开进某处，警卫森严，于是一夜之间，阿英的明版书被归入福建人及其几个同伙的书架中！最近看到一部苏联拍的纪录片《普通法西斯》，使我回想起当年举国若狂的扫“四旧”、烧线装书的情景，在伤心惨目之余，忽然也想起此事。

藏书是雅事，风雅的中国读书人，更喜欢在他心爱的线装书上盖上朱红小印，一方面表示这是本人的藏书，另方面增加了书面的装饰味道。如果是先代名家的藏书，上面有个藏书章，则更加增加了这本书的文物价值。例如一本宋版书，上面有清时黄丕烈“士礼居”或“百宋一廛”的藏书印，那就更增加了书的身价，这是读书人都知道的。

就在这场浩劫以后，党和政府按照政策，发还曾被掠夺的宋明古籍，却往往在原有的藏书家的印章之外，多了几方闲章。据笔者所目睹的，有白文“江青藏书”（约三厘米），往往盖在封面显目处或“天头（书面上面空白处）上，看来很有霸气。有朱文“伯达藏书”，大小风格和上面的相同。另有“温陵陈伯达印”大章一方，见于发还书上。此外另一家的白文“康生”仿汉小印，不到一厘米半，这方印往往盖得位置恰当，同时还赫然盖有“归公”朱文小印，大小与仿汉名章相同；出人意料的，更有一方“大公无私”的方印，与名章同时盖在书上。见者莫不伸出舌头。

说江青盖印“霸气”，例子是不少的。一本盖有清代藏书家刘喜海印章的善本书，却硬被一方“江青藏书之章”覆盖在刘印上面。此种“开硬弓”的蛮横手段，将来有人写中国藏书史时，也是“史无前例”的。

黄菜叶

话说元朝末年，有个盐贩子张士诚。乘着时局混乱，占据了苏州一带约两千里地，拥兵数十万，自号"吴王"，但对元朝则称丞相。张"丞相"重用几个谄附他的小人，一个姓黄，一个姓蔡，一个姓叶。这几个人无恶不作，因为大小权力都落在他们手里。后来张士诚被朱元璋的大将徐达、常遇春擒获，解到南京自杀而死。老百姓挖苦张士诚用人不当自取灭亡，唱出一首民谣："丞相做事业，专用黄菜（蔡的同音）叶，一朝秋风起，干瘪！"

原来，"做事业"这个词，早在中世纪就已成为老百姓的口头语。但"事业"这两个字，在不同情况下，有不同的内容。拿张士诚来说，他的

“事业”是割据一方当土皇帝进而推翻元朝，自己称孤道寡。我们今天讲“做事业”就是实现四个现代化，建设伟大的社会主义中国。

尽管内容和目的不同，但“事业”还必须由人去做，于是眼下就发生一个用什么人的问题。用那些浪费国家百亿资财、搞一个毫无把握的巨大建设的国家企业负责人吗？用那些草菅七十多条人命、还有其他问题的官僚部长吗？用那些冒充科技发明有功，弄虚作假、专横跋扈、窃据高位的骗子手吗？……这些都已经是今秋以来，本届人大三次会议前后，由于见诸报章而“干瘪”了的，自然，人们会想到还可能有尚未见报的宝贝吧！

过去“张丞相”用黄菜叶，丧师失地，家破人亡，只不过是他一人一家之事。今天，任何一位对社会主义事业、对人民负责的主管某个方面的领导人，既然错用了些黄菜叶，那就绝不是一人一家的问题，就应当拿出共产党人的勇气，不但不要给他们庇护，而且自己抄起扫帚去清除这些已经或未经露面的黄菜叶，以便惩前毖后，免得今后黄菜叶还是满天飞。这才真正是国家的大庆，人民的大庆！

中秋过后，秋风正起，对月不眠，浮想联翩，却写不出什么“都门秋感”一类诗篇，就写几句逆耳忠言，凑凑热闹。

酒故

苗子曰：君友杨宪益，沉湎曲蘖，嗜威士忌如命，而赐之以佳名曰“苏格兰茶”，盖讳言酒也。吾未敢以直谏尽友道，因集古酒人荒诞之事以进之，题曰《酒故》，纪故实也。宪益阅此，殆会心笑，而嗤之曰：老头不可教也！

小时候读书，对禹很崇拜。书上说“禹恶旨酒而好善言”，觉得这样一位古代贤君圣主（虽然顾颉刚先生的考证，说禹只不过是一条“毛毛虫”），果然善于克制自己的嗜好而爱听群众的有益舆论。近来年纪大了，对于事物总爱动动脑筋，这才知道小时候相信这句话是上了儒家的当！你看，禹的生存年代，约在公元前2100年，即距今4000年前，距新石器时期的氏族社会还很近。那时的酒，只是烂野果或各类植物泡在水里发酵造成的，顶多像今天的甜酒，含酒精量不多，决比不上大曲、茅台、五粮液……根本谈不上“旨”。喝点果酒，醉不了人，他老人家就不高兴了。《说文》说：“古者仪狄作酒醪，禹尝之而美，遂疏仪狄。”说明禹这个人伪善。“禹闻善言则拜。”(《孟子》)“拜”，用今天的话，等于说“您提的意见已看过，十分宝贵”，夸奖过“宝贵意见”，“拜”了，只是并不实行之，这正是官僚主义的典型。何况仪狄做的既然是“美酒”，这就可以出口赚外汇，国家酒税收入也可大大增加。从经济价值来衡量，仪狄先生实在是一位科技生产的开拓者，如果禹不“疏”他，那么不要说威士忌、白兰地之类用外汇买的饮料可以不必从外国进口，最低限度“可口可乐”那种不醉人的甜饮料，也可以不需引进设厂了。一方面赠外汇，一方面节省国家外汇支出，“旨酒”肯定不是什么可“恶”的！想通之后，鄙人对于禹就不那么崇拜了。

读过鲁迅先生的《魏晋诸贤与药及酒》一文的人，约略知道“诸贤”的饮酒服药，其中有点“避世”之意。但也不尽然，当时有两个大酒鬼嵇康和阮籍。嵇康同曹操的后代有裙带关系，官拜中散大夫，后来司马氏取代了曹氏家族，嵇康失去了靠山，只好回家当铁匠，图个出身好的工人阶级，以为这就没事了。但是依旧逃不过权奸钟会的手掌。“夏月常锻大柳下，钟会过之，康锻如故，康曰：‘何所闻而来，何所见而去？’会曰：‘有所闻而来，有所见而去。’”(《晋书》)双方针锋相对地口舌一场，钟会便借故杀了嵇康，他临死只遗憾他所弹的《广陵散》没有传给后代。阮籍这家伙比嵇康“鬼”得多，嵇康喝酒只是喝酒，没有借酒来搞什么名堂，阮籍却不然，“司马昭(晋文帝)初欲为子炎求婚于籍，籍沉醉六十日，不得言而止。”“钟会欲置之罪，皆以酣醉获免。”小说上有“借水遁”、“借土遁”之法，他老兄却发明了借“酒”遁，不想把女儿嫁给高干子弟(后来还当上了相当于国家主席的“晋文帝”)，就借酒装醉。对付野心勃勃的对立面，也借“酣醉”的办法得免于“罪”。司马昭用他做“大将军”、“从事中郎”，他为了不想太靠近权贵，以免猴年卯月“咔嚓”一声丢了脑袋不太好玩，就借口警卫部队步兵炊事班会酿酒，还存下了三百斟酒，就要求当步兵校尉这个“官显职闲，而府寺宽敞，舆服光丽，会伎必给”(《通典》)的武散官，乐得个逍遥自在。阮籍终于不像嵇康那样傻，白白地给奸雄钟会“咔嚓一刀”。

阮籍他们那一套，宋叶梦得的《石林诗话》中说道：“晋人多言饮酒，有至沉醉者，其意未必真在于酒。盖时方艰难，人多惧祸，惟托于醉，可以疏远世故。”陈平、曹参以来，俱用此策。《汉书》记陈平于刘、项未判之际，“日饮醇酒、戏妇人，是岂真好酒者耶？曹参虽与此异，然方欲解秦烦苛，付之清净。以酒杜人，是亦一术”。这种“其意未必真在于酒”的权术，恐怕不是酒徒所认同的。不过我们北面的邻居，据说不久前也有很多酗酒的居民，他们也常常“以酒杜人”，可惜他们吃醉了经常回家打老婆，家庭矛盾超过政治矛盾。

钟会这厮，从小就暴露出他那肆无忌惮的性格：有一天，趁他爹午睡，他和哥哥钟毓就一起去偷喝酒。老爹钟繇其实没睡着，就偷看他们的举动。钟毓端了酒，作了揖后才去饮；钟会舀起了酒就喝，没有作揖。钟繇起来问钟毓，为啥作个揖才喝酒，钟毓说：“酒以成礼，不敢不拜。”问到钟会，他干脆说：“偷本非礼，所以不拜。”是啊，那些滥用公款饱入私囊的人，还恭恭敬敬地向国库作个揖，这才是头等“傻帽”呢！

钟会后来终于反了司马昭，最后被乱军杀了。

和嵇、阮同属“竹林七贤”的另一个大酒鬼刘伶，也是酒界中知名度很高的前辈。那时候的人，可是不太讲精神文明，刘伶喝醉了，就“脱衣裸形屋中”。虽然那时《花花公子》之类的刊物尚未出版，他也算得当今“天体运动”和“脱星”的老祖宗了。有人责怪这醉鬼太放肆了，刘伶说：“我把天地当居室，把房子当裤衩，是你们自己跑进我的裤衩当中去，你怎么反怪我呢？”（《晋纪》）这句话在入世的哲学家看来，是彻底的荒谬的主观唯心论，但文学家会欣赏他的浪漫主义意念，认为没有这种荒诞的意念，文学是不会产生的（虽然他生平“未尝厝意文翰”，一辈子只写过一篇《酒德颂》）。彼亦一是非，此亦一是非，且由它去吧。人类都喜爱外形美和勇敢品德，可是史书上却说刘伶“容貌甚陋”。他曾经和人争吵，别人抡起拳头就要揍他一顿，你猜他怎么回答的？他站起来慢慢地说：“鸡肋何足以当尊拳。”那人也确实觉得不值得打那么一个“孬种”，于是这场本来极其壮观的超级武打，就告终了。不要以为凡是酒人都是武二一般好汉，即使自认为“以细宇宙，齐万物为心”的刘伯伦，在现实生活面前，其实也不过是自认豸虫的阿Q之前辈云耳。

刘伶当过建威参军这不大不小的官，“常乘鹿车，携酒一壶，使人荷锸随之，谓曰：‘死便埋我’”（《晋书》），似乎对个人的生死看得很随便。但是从他在拳头面前的那副熊样，很可能鹿车上受点风寒，也得马上赶回家去喝板兰根和速效感冒片。他这句话说得倒通达，可比起三国时代的郑泉，却差得远了。郑泉这个醉猫，临终前告诉他的朋友说：“必葬我陶家（做陶器的人家）之侧，庶百岁之后，化为土，幸见取为酒壶，实获我心矣！”（《吴志》）郑泉的遗嘱，希望骨灰变成泥巴，让百年之后，制陶的人把它捏成一个酒壶，这才不愧是个真正的酒汉！如果我的朋友——工艺美术家韩美林捏的某一个酒壶确实用的是郑泉骨灰的料，那么，我一定向他讨来转赠给杨宪益兄。不过世界上事情往往不尽如人意，保不定百年之后，陶家挖了郑泉的骨灰，却捏了个尿壶……

《遇斋阑览》有一段故事：“郭朏有才学而轻脱。夜出，为碎人所诬。太守诘问，朏笑曰：‘张公吃酒李公醉者，朏是也。’

太守因令作《张公吃酒李公醉赋》，朏爰笔曰：‘事有不可测。人当防未然。清河文人，方肆杯盘之乐；陇西公子，俄遭酩酊之愆……’守笑而释之。”“张公吃酒李公醉”是古时候一句俗话。郭朏好端端被人诬告他喝醉闯祸，当然是无妄之灾。幸好这太守也是个书呆子，叫他作一篇赋就放走了。“大革文化命”的年头，被诬的很多，你越是掉书袋，越是引用经典著作据理力争，你就越倒霉。毕竟玩弄政治的像这位太守那样的人少。至于郭朏那首《张公吃酒李公醉赋》的开头两句，倒是耐人寻味的。

自古及今，似乎诗和酒的关系特别亲切，以酒为题材的诗，真是罄竹难书。陶渊明是较早的一位酒诗人，李白更不必说。据郭老的考证，杜甫也是个酒鬼（当然，他的《酒中八仙歌》不会把他自己写进去）。我倒是喜欢白居易的《劝酒诗》：

> 劝君一杯君莫辞，劝君两杯君莫疑，
> 劝君三杯君始知。面上今日老昨日，
> 心中醉时胜醒时；天地迢迢自长久，
> 白兔赤乌相趁走。身后金星挂北斗，
> 不如生前一杯酒！

地球永远转动，人的寿命短促，把短促的寿命浪费在钱钞追求上，“身后金星挂北斗”图个啥！我近来虽然一点酒都不沾唇，但“面上今日老昨日，心中醉时胜醒时”是酒徒心情，却是能了解的。

这里还是用姓杨的故事作结束：宋初有个老头叫杨朴（据说近来的文艺家都喜欢这个祖宗，我没有考证过他是宪益的第几代祖宗，也不知道他认不认），是个怪人，平日骑头驴子在郊外溜跶，然后躺在草窝里做诗，“得句即跃而出”，把过路人吓一跳。宋太宋、真宗都召见过他。《侯鲭录》有这样一段记载：“宋真宗征处士杨朴至，问曰：‘临行有人作诗送卿否？’对曰：‘臣妻有诗云：更休落魄贪杯酒，亦莫猖狂爱咏诗，今日捉将官里去，这回断送老头皮。’”从前的知识分子不愿当干部，害怕什么时候闹个把运动，老头皮便“咔嚓一刀”保不住。现代的知识分子受了三十多年的革命教育，知道做官是“为人民服务”的真理，于是很多人都愿意，并且实践过“捉将官里去”的光荣。不过贪酒咏诗，是否都戒了，在这里却每个人都还有他的自由的。

说『曲折』

近人喜读杂文，一是短小精悍，二是谈言微中，不说大道理却耐人深思。鲁迅的杂文之所以风靡一时，正在于此。

杂文的第三个特点是“曲”，得有余不尽之意。朱熹说：“文须错综见意，曲折生姿。”他又说：“某(朱熹自称)旧爱陈无已文，他文字也多曲折。”朱熹还举出韩愈的杂文《获麟解》，认为“其间多曲折”，不以人废言。朱熹这些见解，还是可取的。“曲折生姿”虽然不是文艺的唯一形式，也不全是杂文的唯一形式，但就文艺，特别是杂文而言，这是可取的艺术手法。我读过王朝闻同志引用过的几句陕北民歌：

划着一根洋火，点着一盏灯。

长了一个枕头，短了一个人。

这22个字，无限宛曲地描写妇人想念丈夫的情景，它完全没有正面描写丈夫与妇人分离后，妇人如何半夜醒来，还以为丈夫在自己身边等等琐碎情节。所以连民歌这种形式，用宛曲之笔，也有深味。苏东坡曾自言："作文之法，意尽而言止者，天下之至文也，然而言止而意不尽，尤为极至。"这几句民歌之所以令人叫绝，正是它言止而意不尽。杂文贵在短小精悍，我想，更需要这种引人入胜的手法。

杂文用曲笔，是不是人民大众就不易看懂呢？也不全是，这要看"曲"的程度。适当的曲折，人民大众是欢迎的，民间流行猜谜语，这说明人民也喜爱叫你猜一猜的文艺形式。刘三姐对歌，难道不是曲折含蓄的精华、人民大众智慧的表现吗？当然，曲折含蓄，也依靠一定的时间、地点、条件而起作用。鲁迅的杂文，在今天连许多大学文科学生也有些看不懂，这很大原因是他们离二三十年代我国的历史现实实在太远，当时具有尖锐针对性的内容，和当时易于理解的词句（例如"费厄泼赖"等），现在就无从捉摸了。

痛快淋漓，也是一种文艺形式，它适宜于鼓动性的论文。例如梁启超的《新民丛报》时代的作品，秉笔直书，把道理说透，叫广大群众看了信服奋起，这是很有作用的。但我认为写杂文、小诗等文艺作品，如果也讲究堂而皇之，痛快淋漓，无论读者对象是谁，也都感到乏味了。清代学者袁枚谈到文章应有含蓄，曾经开玩笑地说：天上只有“文曲星”，却没有“文直星”。杂文这类文艺体裁，我想应当是“文曲星”管的。

蚁堂清梦

一

我对于狗，没有什么特别的爱憎，并不是我天生地不爱狗，因为在我住的地方，在50年代初期，人养的狗就被一只一只地用套狗绳(一根竹竿或空心金属棒，当中贯串一根粗麻绳，棒的一端把绳子作圈状，看到街上有狗——不管它在善人或妇孺眼中长得多么可爱，就都准确地把绳圈套在狗脖子上，收紧绳端，狗就乖乖地被抛进已经有许多不幸的同类的囚车中)放进狗的集中营，从此我们这个地方将近四十年看不见狗。从此，我对于狗，也就陌生了。

在一定的时间和环境下，人也会和狗有大同小异的遭遇。其差别是较少的：人捕狗是两条腿的动物对付四条腿的动物；而人捕人，则是两条腿的动物对付两条腿的动物而已，其间并没有残酷些和仁慈些的区别。

我荣幸地承认《创世纪》中所述的，“上帝”创造人，是为了让人去统治其他一切“上帝”创造的物，例如狗、马、谷物、山川等等。

当然，《创世纪》是人写的，不是狮子、牛或狗写的。因此，当我也像狗那样被绳索套上脖子时，我颇为怀疑我这个被“上帝”创造的人，是否真的赋予了可以统治一切造物的威权。可惜我不懂“狗文”，不能翻阅狗写的《创世纪》。

于是我觉得宋儒张横渠的“民胞物与”说，似乎更切合我的胃口。可是，“民胞”——所有人都视作同胞兄弟，这个还做得到，“物与”则有个难点，你同花、月、山、川相与是很自然而且很愉适的，但你要同狮子“与”，它张着血口不同你“与”，你怎么办？你是要命呢，还是要“与”？

怪来怪去还得怪我们的始祖亚当和夏娃（不！还得先怪夏娃，因为那果子是她拿给亚当吃的），他们受了蛇的诱惑去偷吃什么智慧果，如果人蠢一点，狮子要吃人你就甘心情愿地给他当点心有什么不可以呢？中国就有12亿多的人，1万头狮子10年都吃不完，数以亿计的猪，不也是生出来就给人吃的吗？以这一个道理去想，那就凡物都可以“与”了，只是智慧果却在作祟,使人生出来就带着自私、贪欲、怕死等劣根性,于是不但人与人存在戒心,人与物也存在戒心。如果说,智慧果还会给人类一点好处的话,那就是他还赋予人类一种恐惧感,使犯罪的人终日精神紧张,他杀了许多人,因而他自己也怕死。他害怕神给他的惩罚,即使他不相信神,他也恐惧引起文明人类的怒火,他也会害怕得发疯!

台湾一位作家柏杨写过一本《丑陋的中国人》,这本书海峡两岸的中国人都看过,都同样脸红。其实,中华民族和全世界其他民族一样,他们的共同祖先住在伊甸园的时候,光着身子也不觉得脸红。只是吃了智慧果以后,才发现自己的“丑陋”(即使是世界名画,在画“伊甸园”时,那“丑陋”还是用树叶掩盖着),作家之所以特别指出中国人的丑陋,正因为自己是中国人,要使中国人在世界上更加美好,美好才是人的本质。

由于人类绝大部分是好的,公平和具有爱心的人与人之间才能往来无间,人类社会才能发展到今天,并且将会有更美好的前景。

二

下面再回到人与物。

70 年代末 80 年代初,我妻子郁风带着侄女小咪回到浙江富阳家乡去住(乡下的“狗禁”比城市宽松),她一到乡下,就指着路上走过的一头黄狗奇怪地说;"狗！狗！多好玩呀!"郁风逗着她说:"怎么？高中都快毕业了,看见一只狗这么稀奇?"

"在图画上见过,可从来没见过真狗,多好玩呀！它不会咬人吧?"后来她每次看见狗都要大声喊叫,她对狗简直兴趣浓极了,这小狗后来一直陪她在乡下过了一个暑假。

去年8月,我们一家到青岛去度假。我顺手拣了楚戈兄的一本散文带到行箧中,我对他那篇描写与疾病斗争的《火鸟》最为感动,而我那九岁的孙女妍妍,则对他那篇关于他们一家和小狗"童童"的一场悲欢离合津津有味。今晨我问起妍妍:还记得楚戈爷爷那"童童"吗？她二话没说,抢着先问:"它回来了吗?"妍妍隔着海峡,对童童寄予无限的爱,她深深感到童童离开了楚戈家,是人世上十分可悯的事。妍妍现在十岁了,来澳洲不到半年,每顿晚饭(中饭是在学校吃的),总不忘记给对门一家希腊人养的那条小狗西罗喂点骨头,小狗对她特别友好,我们早上在两屋之间的小道上打球,它总是摇着尾巴,激动地跟着球跑来跑去。

在动物中,狗为什么和人特别有"缘"？这大概从七八千年前的狩猎时代起,狗就是人的最好伙伴的缘故。从那时起,狗就成为人类团伙的一员。对于狗,人们可以说:"咱们的友谊万古长青!"

三

记得在中学时代，看到《良友》画报发表徐悲鸿先生写的《自述》，最后有一段极感人的话，现在已经半个多世纪了，还深印在我的脑海中：

> 若乃同情之爱，乃于万物……人类无怨，以跻大同，则斯世乃大乐，而吾愿毕矣！

我不想把人的一切过错都归罪于造物主，但“人类无怨，以跻大同”这一艺术家的宏伟抱负，是颇难做到的。原因是上面提到的，人类生来就带着私心、贪欲、怕死等劣根性，如果人类毫无私心，必然达到“物我两忘”的境界，那就不但人与人之间没有压迫、流血、战争和欺诈，而且人与物之间，例如人与狮子之间，也可以和平共处了。

但这不过是善良的人的幻想，而我最近接触到的事物，却是真实。

去年7月，我从澳洲的布里斯本飞到悉尼。

澳洲，五年前我第一次去访问时就发现这个地方是人、花木和鸟的共同社会，有些地区则是人和袋鼠的共同社会。在悉尼海边，有一条长长的大草坪，你在那里野餐，一大群漂亮的白毛红腿海鸥会毫不客气地飞来分享你的美食。晚钟一敲过六点，数以千万计的澳洲鹦鹉准时地飞回这一带的树巢，你那时带点食物去喂它们，你的头上、肩上、手上全是鹦鹉。

这一次我在悉尼，由于居停主人的热情款待，在我为它取名的“水屋山庄”（原因是这一条位于北悉尼的山路，叫做 Water House）中居住了半个月，这里的房子全都点缀在山林中，澳洲籍的女主人丽琳，是一位退休的语言学教授，房子后面的阳台，是澳洲习见的木结构，夏天（这里——南半球，七八月是冬天）可能就在这里进早餐，远处看到全是山峦和林木。丽琳在阳台的栏杆上放一个木盘，当澳洲最早起床的一种鸟——笑鸟叫过以后，面包片、多余的水果、肉饼就撒在木盘内，于是白头鸟和澳洲鹦鹉等各种鸟类都按照每日的惯例，飞来享受一顿早餐，有时还在主人掌上取食；郁风极大兴趣地模仿丽琳的动作，虽然她给一头小鹦鹉不小心把手指啄出了血，但是还是兴致勃勃地继续她和鸟的友好关系。

丽琳是个虔诚的基督徒，我们则是无神论者，但作为一个艺术工作者，我们能了解从徐悲鸿到丽琳的心情。

由于视觉的轻微障碍，丽琳不便自己开汽车出门，常常个人在楼下起居室看书、看电视。有一天，我偶然在她的小圆桌上发现一叠画稿，全是以一头小狗为题材的，原来丽琳还是一位了不起的业余画家，她没有进过美术学校，画画完全是为了自娱。我没见她养狗，我非常惊奇她对狗的那种深刻的观察力和简练有味的线条表达能力。

我们的前辈丰子恺先生，曾经出版过一本以佛家戒杀放生为主题的《护生画集》，丽琳则以一位基督徒的慈爱心出发，画出世界的温暖与善良！

对比是一种无情的哲学游戏。黑由于白才存在，美好由于丑陋才存在，慈爱是由于残酷才存在……看了丽琳通过对小狗的生活观察所反映出来人类善良的心，真像回到婴儿时期的天真无邪。“童心来复梦中身”，龚定庵这句话，写得多么深刻啊！

然而我真不敢去想慈爱的反义词。尼采在街上看见一个马车夫鞭打那匹马，他就跑向前去，当着车夫的面一把抱住马头放声大哭。尼采是代表人类对善良动物表示歉意的。从此，尼采就疯了。

放眼世界，而我们面对的某些现实场景，何止是人虐待马那么轻松！

碧萝春梦

七八年前的一个春末，国画家秦岭云、许麟庐几位游苏州，一天中午，宋文治兄约我们上洞庭东山。主人在一座旧庭院的藤阴下石桌上，早准备好正在烧水的铜壶，青瓷茶具。天热微汗，看见有茶，心中想喝。但主人说东道西，却始终没有倒茶款客之意。想自己动手，觉得不好意思。朋友中有一位比我还急，正想自己去端铜壶，却受到主人婉言阻止。又过了十分钟，主人才慢条斯理地端起铜壶，往几个茶盅里注水，却不是泡茶，而是把茶盅里里外外冲洗一下，然后取出锡制茶叶罐，每盅分放一撮茶叶，再用铜壶把水注在茶盅里。我想，如此名贵的茶，肯定可口，不想，主人却用盖子盖着茶盅，把泡茶的水都倾倒在石桌旁边的小渠上，然后再泡第二次，逐一如此，我大惑不解而不敢问。茶盅送到座边，不等盅盖揭开，已有一极清芬的茶香扑鼻。文治兄介绍说，主人风雅好客，知道我们远道从北京来，特别准备好今年的碧萝春新茶款待。

碧萝春，提醒我这是苏州洞庭东山的名产，从清人笔记中，老早就读到关于碧萝（一作“螺”）春的种种传说，碧萝春在清初就享有盛名，洞庭东、西山都产碧萝春茶，但茶农刚发现这个品种时，没有人知道是什么茶，只是在泡出来时，香味绝佳，它茶不可比拟，乡下人就给取一个土名，叫“吓杀人香”。康熙南巡到苏州，巡抚宋荦进此茶，宋是当时著名文人，所以就给这“吓杀人香”一改为“碧萝春”这个美丽名字（一说这是康熙帝取的名字）。碧萝原是产茶的峰名，茶原本是碧萝峰石壁间的野茶。

在洞庭东山的幽雅庭院中，尝着这“江南第一名茶”，觉得碧萝春的茶品，确是不凡，醇而不浓，酽而不涩，回味隽永，水色澄碧，真有齿颊生芬之感。茶色碧绿清莹，令人想象五湖烟水的碧波荡漾。主人一面解释碧萝春沏泡的方法：水以初沸为上，铜壶里的水，是新汲的井泉，没有到起泡沫时，不能泡茶，所以刚才要大家等候。水沸之后，用沸水烫杯，让茶盅有热气，以先发茶香。因为碧萝春的茶叶带毛，要用沸水初泡，泡后毛从叶上分离，浮在水中，所以把第一泡的茶水倒去，第二泡才是可口的碧萝春。但最好的茶，还不是第二次泡的，待第三次泡，茶的香味才充分发挥出来。采碧萝春，一般是“一旗一枪”（即一牙一叶，叶又称“雀舌”）。制作时杀青、揉捻、干燥三个过程连续操作，这样就发挥了碧萝春“一嫩（芽叶）三鲜（色、香、味）”的特点。

品茶，和普通“牛饮”般的解渴大有区别。读过张宗子《陶庵梦忆》，总忘记不了他写他自己从杭州到南京专为品茶而一再专程去拜访闵老子的经过。短短数百字把闵老子这位“茶文化”的高人写“绝”了，把茶的高品位也写绝了。因此觉得中国人在生活中创造文化、享受文化的天赋使人惊讶。在北京时，我的一位邻居——住在破庙里的一位清洁工人，下班后首先忙于照管他手种的一盆菊花和一盆兰花。菊花栽在一把破茶壶上，只开一朵从壶嘴上出花的紫菊，盆兰则在一个破蟋蟀罐上开花，冬天清芬四溢。这和闵老子茶，可以后先辉映，可惜没有张宗子这样的文章高手，把它一一记下来。由为解渴而饮茶，提高到欣赏茶的色香味，产生出像碧萝春这样名品，这就是中国人在生活上的文化享受。

碧萝春在80年代中，在苏州茶叶店上，售价每两就以百元计，但那天听主人讲：真正好的碧萝春，茶店上买不着，多是洞庭东、西山的茶农自己留着在家里尝，偶然送一点给至好亲朋作为隆重的馈赠的。

碧萝春是江南人爱好的名茶，已故名画家张光宇的夫人，现在还健在，已年近九十了，还住在北京，每逢有亲友南来北往，总是托买碧萝春，同吴祖光、丁聪一起办过《清明》杂志的龚之方兄，定居苏州，每年到北京，都给张夫人带碧萝春。我自己是个俗人，对于茶，没有特别的偏爱，只要是好茶，杭州龙井、祁门红茶、福建的铁观音、普洱的沱茶，我都爱好。我妻子的家乡富春江两岸，也以茶名，明清之际，官府催贡，茶农甚以为苦，诗人韩巩曾有"富阳江之鲥，富阳山之茶，鱼肥夺我命，茶名破我家"之咏。富阳安顶村的"岩顶"，至今有名，有"十里茶香"之称。在北京时，每年也收到她家乡寄来的新茶。

正如书法，有人爱王羲之父子，有人爱张旭、怀素，也有嗜米芾如命的张五常教授。中国土地辽阔、文化悠久而丰富，各随所好是很自然的。喝茶也是一样。潮州、福建人，以小壶泡极酽的铁观音，浓冽异常，也是十分名贵的一种茶道。我也爱喝这种据说在旧时代足以使人倾家荡产的名茶，可是因为喝的机会不多，幸而还没有染成嗜好。

七八年前洞庭东山那次喝的碧萝春，却是我至今难忘的一次茶的享受。碧萝春和苏州人的性格有点相像，品碧萝春，有如"十七八女儿，唱杨柳岸晓风残月"，而不是铁板铜琶"高唱大江东去"的情调，唐诗人卢仝谢人赠茶诗，写他"一碗润喉咙，两碗破枯闷"，直到"七碗吃不得也，唯觉两腋习习清风生"，这种喝法，绝不能用来喝碧萝春。

近年远在澳洲，亲友也常从远方寄来茶叶，有时闲坐藤萝花下，一杯清醮，情思也就自然地跟着茶烟轻微地飏入故乡，言笑晏晏的故人，多年盘桓其中的破旧残卷，曾经涉足的江南塞北，楚尾吴头，以至富春江小船上的鱼餐、苏州的碧萝春……

“魂魄一时未入梦”，几时才再现这些欢娱呢！

“三十六陂春水，白头相见江南。”（王安石）

春波桥

前记4月间游绍兴沈园，因忆放翁与唐氏夫人相遇事，曾说今存小池上有石桥，以为即“伤心桥下春波绿，曾是惊鸿照影来”的那座桥。今日读清宋长白《柳亭诗话》，说沈园即今之禹迹寺。春波桥取贺知章季真“春风不改旧时波”之句。并说“今禹迹寺有春波桥，俗人呼为罗汉桥者是也”。但注又谓“春波桥在千秋观前，或云在鉴湖中”。沈园旧址在绍兴城东南隅，周密《齐东野语》记此事，谓陆、唐“相遇于禹迹寺南之沈氏园”。其后放翁怀念沈园“晚岁每入城，必登寺眺望”，则在南宋，禹迹寺与沈园并非一处，至清代可能沈园无主，遂与禹迹寺合而为一。今则沈园只存十之三四，更非旧观，颇疑我所见的贴水石桥，并非当日的春波桥。而当日沈园之春波桥，也不是宋长白所说的禹迹寺罗汉桥。事经七八百年，也不必斤斤于这段缠绵故事的细节了。

放翁对唐夫人情爱深挚，晚年还常常追忆沈园相遇的故事，南宋开禧乙丑(1210)岁暮，放翁已 80 岁，还写了《夜梦游沈氏园》绝诗二首，“路近城南已怕行，沈家园里更伤情”，“玉骨久成泉下土，墨痕犹锁壁间尘”这些句子，读之欲涕。

放翁与唐夫人这段故事，当时人已有记述。刘克庄《后村诗话》，已从放翁的门生曾温伯那里听说，只是记得较为含蓄而已。放翁一生，爱情坎坷的事不只一桩，宋陈世崇《随隐漫录》记“放翁宿驿中，见题壁云：‘玉阶蟋蟀闹清夜，金井梧桐辞故枝，一枕凄凉眠不得，呼灯起作感秋诗。’放翁询之，驿卒女也，遂纳为妾。方余半载，夫人逐之”。这位驿卒女写了一首《卜算子》：“只知眉上愁，不识愁来路，窗外有芭蕉，阵阵黄昏雨。”放翁前妻见逐于母，诗妾又见逐于妻，所以后人有“钗头双凤”之叹。

宋末书生林景熙(德旸)收宋二帝遗骨，树以冬青，为诗记之，复以放翁一生忧国，所以题放翁诗卷后云：“青山一发愁濛濛，干戈况满天南东，来孙却见九州同，家祭如何告乃翁!”语极沉痛。《柳亭诗话》卷十，解释“一发”二字，说是用昌黎文：“其危如一发引千钧”，雪堂按，此说殊近牵强。林句“青山一发愁濛濛”当出自东坡自崖州放归诗：“青山一发是中原”，与原诗感怀国是之情，方见贴切耳。

放翁

前记绍兴沈园和陆放翁的故事，近读清凉道人《听雨轩笔记》，载放翁夫人唐琬，于其母为姑侄，则是放翁的表姊妹了。笔记还载“禹迹寺在东郭门外半里许……寺门之东有桥，俗名罗汉桥，桥额横勒‘春波’二字……唯遍寻沈园，则已杳不可得”。在清中叶，沈园已经踪迹莫寻，现在恢复的沈园，也只可在然疑之间了。

清乾隆间诗人邓纬，有《过沈氏园怀放翁旧事》七古一首，多引放翁沈园诗词，亦凄婉可诵，其中如“错错莫莫感芳菲，泪浥鲛绡不自持”；“钗头凤化离鸾去，青衣何日传尺素”；“宛转徘徊可奈何，春光九十雨风多，红酥不见黄藤酒，两地伤心痛逝波”等句，颇近吴梅村，亦游沈园后弥足吟玩的佳作也，诗见《越风》卷廿二。

蒋士铨（心余）《忠雅堂集》，也有《沈氏园吊放翁》七古一首，沉郁哀怨，似胜前作。如“绿波难驻惊鸿影，坏壁空留古麝烟”；“故剑犹思镜里鸾，新坟已葬钗头凤”；“广汉姜郎宁悔错，琵琶暮唱风波恶。红酥垂手酒犹温，柳絮过墙情已薄。国耻填胸恨未平，忧时恋主可怜生！诗人岂似朱翁子，孝子忠臣定有情”。最后归结到放翁的忠孝，从内容看，也胜邓作一筹。

梁任公饮冰室诗，有《读放翁集》四首，对放翁的忧时爱国，备极推许，这是任公时期知识分子的感情，其一云：“诗界千年靡靡风，兵魂销尽国魂空，集中什九从军乐，亘古男儿一放翁。”其一云：“辜负胸中十万兵，百无聊赖以诗鸣。谁怜爱国千行泪，说到胡尘意不平。”第一首，任公在注中说：“中国诗家无不言从军苦者，惟放翁则慕为国殇，至老不衰。”似嫌夸张，唐人集中写从军乐者，不是一二见的。

放翁诗有气势甚大者，“三万里河东入海，五千仞岳上摩天”等句，《感愤》诗对“诸公尚守和亲策”不满，亦快意语。今亦有人改放翁名作云：

死后原知万事空，但忧身后子孙穷，
钞票“赚”得逾亿日，家祭毋忘告乃翁。

乌台诗案

作诗闯祸的事，古时候不多，唐朝诗人最盛，白居易的讽刺诗特别多，《长恨歌》一开头就讽刺唐明皇"汉皇重色思倾国"，却从来没有因他"诽谤先帝"，加以刑戮。到了清朝，文字狱大兴，清初人诵牡丹诗："夺朱非正色，异种亦称王。"这位诗人被认为讽刺清朝"夺"了"朱"明的天下，不是汉人的"异种"，也居然做起王帝等罪名，掉了脑袋。这是很多人知道的，但较早因作诗惹祸的是苏东坡，时为宋神宗元丰二年(1079)，王安石早已罢相，但新旧党争激烈，东坡被卷入党争中，被御史把东坡给皇帝上的《出知湖州谢表》断章取义地摘出一些词句，指为"谤讪"，其后御史台的人又搜取外间印行的东坡诗文四册奏上,“请用重典”,皇帝却批送中书省,没有过问,接着国子博士李宜之,御史中丞李定连续上奏,皇帝才批了“送御史台根勘”。东坡除了写了一份“供状”,详细交代自己的三代、官职和来往密切的人(其中有张方平、驸马王诜、司马光、黄庭坚等),另外又写了一份《坦白书》,老老实实地交代自己诗中,哪一句是讽刺朝政的,例如《游孤山诗》,“误堕弓旌落尘土,坐便鞭箠环呻呼”,“言朝廷新法行后,公事鞭箠之多也”等一共数十例。这就是当时有名的“乌台诗案”(乌台,即御史台的别称)。代远年湮,不知东坡这份“交代”,算不算“彻底”。御史台勘案,却很挠头,因为宋朝律例,初无“文字谤讪”该当何罪的明文。最后只援引“作匿名文字”罪,呈报皇上判“徒刑两年”,最后神宗还是一再“宽松”,给东坡贬谪到海南去,还保留他的“员外”官阶。道光间,桐城姚莹从友人处抄到了《诗案》始末,载入他所著的《康輶纪行》卷十中。

东坡之狱

苏东坡写诗发牢骚，被当时的权贵们深文周纳，上纲上线，向皇帝告了几状，皇帝批了交御史台，御史台立刻派人到湖州（东坡时任太守）"追取"来汴京。因找不到适当的差官去押送东坡，便派了太常博士皇甫僎去，皇甫僎是东坡的"对立面"，带了一个儿子两个兵去，"倍道疾驰"，走得很快。驸马都尉王诜同东坡是"哥们"，也派人到南京告诉东坡的弟弟苏子由，子由立刻就派人兼程到湖州，皇甫僎到了润州（镇江），儿子生病误了半日行程，子由派的人得以先见东坡。皇甫到时，无颇代理州事。"僎径入州廨，见鞾袍重笏立廷下，二台（御史台）卒夹倚，白衣青巾，顾盼狞恶，人心汹汹不可测"（宋孔平仲《说苑》卷一)，东坡很害怕，对皇甫僎说：“得罪朝廷，今天定是赐死，死也无所，希望同家人诀别。”皇甫僎才开口说：“不至如此。”把公文交给无颇，皇甫立刻叫东坡上路，两个狱卒夹着他，“即时出城登舟，郡人送者雨泣”。孔平仲最后说：“顷刻之间，拉一太守，如驱犬鸡，此事无颇目击也。”

苏东坡由皇甫僎押至太湖芦香亭，那晚感触万端，就想跳湖自杀，但又怕牵累弟弟子由，便到了汴京下御史狱。那时的当权派种种迫供，“侵之甚急，欲加以指斥(朝廷)之罪”，东坡准备好毒药“青金丹”，“以备一旦当死，则并服以自杀”(同上)，但皇帝只下令把他贬到黄州。东坡本来有一首狱中留别子由诗，这时狱卒还了给他，他还自和一首，其中一联曰：“却对酒杯浑似戏，试拈诗笔有如神!”后来他忽然想起，祸是由做诗闯出来的，就骂自己说：“犹不改也!”

煮王羲之

苏东坡的朋友张文潜写过两句诗："天边赵盾益可畏，水底右军方熟眠。"上一句暗用《左传》典故，把赵盾喻为夏天毒热的太阳；下一句用"右军爱鹅"典故，直接指鹅为右军。东坡看了挖苦他说："你这是汤燖王羲之了。""汤燖"，即炖熟或煲汤之意。文潜不服，反问东坡说，你也有句"独看红蕖倾白堕"，不知"白堕"是何物？坡说，刘白堕善酿酒，出《洛阳伽蓝记》。文潜说，白堕既然是人，不好"倾"吧？东坡辩解说，曹操有"何以解忧，唯有杜康"，杜康也是人。文潜说，毕竟用得不当。东坡知道张文潜家有个姓曹仆人，丢了酒器，捉到官府去，曹仆仍未招承。于是笑着说："公且先去共曹家那汉理会，

别在这里纠缠。”一语双关，合座大笑。（见元人《拊掌录》）

平心而论，张文潜那两句诗，典故用得生硬突兀，如果故意写打油诗是可以的，游戏之作嘛，拿王羲之来煲汤未尝不可，但正经描写夏景，那就太做作了。东坡的“却看红蕖倾白堕”，虽然把造酒的人名做酒来用，但浑成自然，故意用白堕视红蕖，则具风韵，相比之下，张句更觉堆砌刻板，缺乏诗昧。至于两人对谑，这是朋友间互相开玩笑，数百年后的我们，更不必一本正经地去参加这种“纠缠”了。

东坡是个糊涂人，贬到湖北黄冈，那里有个赤鼻山，在江边；他把赤“鼻”误为三国曹、吴之战的湖北嘉鱼赤“壁”，不但写了前、后《赤壁赋》，还写出传诵千古的《念奴娇·赤壁怀古》，这个烂污一拆不要紧，害得后来注释家和语文教科书编者都忙着在文后、词后逐一解释。尽管这错得够可以的了，但这二赋一词，都是传诵千古，成为研习中国文学必读的作品，这是因为文艺和科学、政治不同罢。

鬼故事

苏东坡喜欢闲中拉人说鬼故事，那时还没有刺激电影，骇人心魄的恐怖场面，应当比口说更为有声有色，可惜东坡没有现代人的眼福。蒲留仙写《聊斋》，说是在村头柳阴下，摆张茶桌，向过往行人广征道听途说，整理成书的。

从唐人小说到元明戏曲，清代笔记，这一千多年以来，中国的鬼的文字可以说汗牛充栋。从一千年来这些鬼作品看出，作者真相信有鬼的并不多，绝大多数都是拿鬼来嘲讽人世；或者作者对恋爱婚姻不满，借人鬼的相恋来求得感情的满足；或者拿死人博活人一笑。中国文学上的鬼，大都具有人情味。因此才能引人入胜。

听人讲鬼故事很多，但印象较深的，是有一

妇人最怕鬼，有一天，她的丈夫因急事出门，她只好一人独住一室，因为怕鬼来，先把房门关好，还不放心，用杠子顶住房门，然后逐扇窗门都关得严密，连窗缝都糊上纸条；又逐一放下窗帘。累了半夜，才坐下自言自语："这回好了，只有我一个人了。"话音未歇，就听到旁边悄悄地应声说："还有我呢。"却不见人影。

另一故事是兄弟三人，弟弟赌博输钱，怕兄长责骂，逃到他乡，母亲思幼子心切，而梦寐占卜都不祥，信是死了。盂兰节，老母预备纸钱以享亡者，忽然微闻幽叹之声，母亲说："是小哥亡魂，可来取一串钱去。"果然阴风肃肃，卷走了一串纸钱，于是一家都哭，认为弟弟确已为鬼了，连忙大烧纸钱享祭，数月后，弟弟忽从门外进来，大哥见鬼，拿刀要赶，老二拦住忙问清楚，知道弟弟逃到外地当长工回来探母，其实未死，盂兰节卷走纸钱的事，是阴间野鬼见财贪心骗走的。可见阴间和阳世一样，也有冒充诈骗之事。但这贪鬼居然骗到阳间来，未免"过界"了。

风雨茅庐

1936年,郁达夫在杭州建成他的"风雨茅庐",他自己说:单是所藏的中国书籍约有八九千卷以上,宋元明以来至清末的类书,清初的禁书(是他为研究明清之际的小说而搜集的)都是他心爱的精本。类书中,上至《太平御览》及《太平广记》,下至《李氏五种》,这些线装书确是难得。虽然50年代以后,中华书局已将《太平御览》等影印精装出版,近年上海古籍书店,也排印了《太平广记》。但从藏书的角度看,古本线装书籍,近年价格飞涨,在国内已经很难得到了。

风雨茅庐所藏英、德、法、日文书,达夫自述有两万余册,英文自乔叟以前自19世纪以后,关于文学之初版著作，他收藏了十之八九。德文自歌德以前之情歌作者算起，他都搜齐。法文的罗曼·罗兰、纪德等的全集他都有，俄国文学的新旧德译本，至19世纪以来，差不多全了。这些风雨茅庐藏书，抗日战争时全部损失，一说是日寇侵入杭州的统帅矶谷廉介，是达夫在日本的同学，被他席卷而去的。

1940年，雪堂在星州，和达夫谈起他在风雨茅庐的藏书，特别是明清之际刻本小说，珍善本的很多，雪堂印象中他谈到有一本小说《生绡剪》，写的多是以浙江一带为背景的故事，因牵涉到一些巨室，当时即遭毁版，所以很难得。这些藏书，他生前还来不及留下书目。

读书人能够拥书百城，确实是一种福气。在承平时代可以利用这些藏书做些学问，给后人留下些有益的贡献。但如果在不安定的社会中，书籍遭劫，徒增伤感。达夫在风雨茅庐只享受了不到半年，杭州沦陷，他人在福州，以后就流离转徙，读书之乐，只是昙花一现的事。风雨茅庐经不起世劫的风雨啊！

钓台的春昼

这是郁达夫写过的老题目(40 年前,上海的野鸡书店翻印廉价书,把郁达夫这个题目的“春昼”误排作“春画”,毫厘之差,谬以千里),我却是今年春天到浙江桐庐的严子陵钓台。日期是 4 月 18 日。离开达夫钓台之游,至少有 50 年了。

钓台,我第一次去也是在 30 年代,那时跟着叶浅予回乡,他家在桐庐城里,现在房子已经拆了,那时到钓台要雇一条小船,大约四五个小时才到得了。船上包一顿中饭,船娘从富春江捞一尾小白鱼,约有六七寸长,放在锅的一边,加上佐料,另一边是面条,舀一勺江水在锅里用柴火煮,大约半小时,一碗极为鲜美的鱼面就能供游客大快朵颐。现在则是上码头坐小汽船,不到一个钟头就上岸，船走得快，不好慢慢领略江上风景，而且那碗鲜鱼面的享受，事隔50年，想起来还要流涎。

今次之游，有丁聪夫妇和耳朵聋、与世隔绝已久的老漫画家陆志庠一起去的。浅予八十四，志庠八十，丁聪也已七十三，都算老人了。在候船的小码头上，有三五少年，女的摘下一串紫藤花绕个圈戴在头上，浅予问她借来给丁夫人沈峻戴上，另一男青年给浅予一束野花，浅予让丁聪捧着，自己站在中间，说是主婚人，叫我给新郎新娘拍照，引得旁观少年拍掌欢叫。

严陵滩气象一新，上岸就看到张大千和浅予游钓台诗的刻石。经过长长的碑廊，古今人的留题已无心细看，到茶楼阁上小息，便和志庠、丁聪夫妇登高四百余级，径上严光垂钓处的东台。有上海游人在半途歇息，几个二三十岁的女客喘着气叫“吃弗消”，一问已上山的陆志庠已臻耄耋，男人们就调侃说：“人家八十岁都上去了，你们好意思吗？”

上到顶上石亭，无从讨论严子陵当年怎能在这么高的地方垂丝下钓等问题。其实风景名胜，生造者多，也不必斤斤计较了。步过东台，那就是谢枋得（皋羽）在此痛哭，哀吊他的好友文天祥死难处。

那天，天气时阴时晴，时有细雨，我手扶栏杆，思绪万千，不禁悲从中来……

贯休

老年人手头东西，随手放置丢失，找得心急如焚，忽然发现就在眼前，这种事是常有的。山东大学已故童书业教授，就常常戴着眼镜找眼镜；钢笔放在口袋遍找不着，原来插在衬衫的前胸。每遇到这种笑话，我就想起五代高僧贯休的《觅句诗》："尽日觅不得，有时还自来。"这句诗形容老人找寻眼前失物，最贴切不过。（有人说：贯休这两句诗，咏失猫也很合适。）

贯休是唐五代高僧，工诗善画，他以画罗汉著称，桂林前有石刻贯休十八罗汉，运笔奇古入妙；乾隆内府并以缂丝绣出，着色诡艳，但原作似未必在人间了。清代广州光孝寺藏有罗汉数帧，传为贯休作，今已散失，笔者曾睹一帧，为港中藏家所珍，似宋人笔，未必是贯休也。

贯休的诗集《禅月集》，前商务印书馆四部丛刊有影印本，“家为买琴添旧债，厨因养鹤减晨炊”等句，也没有什么好，可是他确也有惊人之句。

贯休是浙江兰溪人，那时自称吴越王的钱镠平了董昌，功拜镇东军节度使，贯休从兰溪到杭州去看他，他送钱镠一首诗，其中有“满堂花醉三千客，一剑霜寒十四州”之句，钱镠十分喜欢，但他希望把“十四州”改为“四十州”，这本来也是军阀好大喜功的浮夸心态，谁知贯休是个“倔”和尚，他说，“州也难添，诗也难改”，便拂袖离开家乡。到了荆州，正好荆南节度使成汭生日，献诗祝贺者百多人，评诗的幕僚妒贯休之才，把他列为第三，贯休知道成汭不能成器，便又跑到四川去，他给蜀主王建献诗，其中两句是“一瓶一钵垂垂老，千水千山得得来”，王建大喜，尊为“国师”，贯休遂终老于蜀。由于贯休这两句诗句传诵一时，世人便称他为“得得和尚”。

玄同打油

钱三强的父亲玄同先生，是“五四”时代的一员猛将，他在《新青年》发表的《随感录》的通信中，文字激烈。他主张废姓，给人家题字，多署“疑古玄同”，顾颉刚先生当年的《古史辨》封面，便是疑古玄同的手笔。他为人严峻，但极风趣，有本师太炎先生的风度。当年北大、清华，有很多江浙学者，蔡孑民、周豫才(鲁迅)兄弟、沈尹默兄弟等等，被目为“浙江学阀”，玄同与鲁迅兄弟是同乡，更是朝夕相从。他从文字声韵之学转为提倡国语，有人请他题匾，有时在字旁注上注音字母，他和黄季刚、朱希祖、汪旭初，因同是太炎门下，所以也甚相得。

玄同先生喜欢写打油诗，1934 年初，他有和知堂的自嘲诗两首，第一首末两句十分自喜："寒宵凛冽怀三友，蜜饯苏糖普洱茶。"可见绍兴师爷到了北方，仍恋恋于蜜饯酥糖这些南方零食；至于普洱茶，似非浙人所好，口味同知堂一样，变为爱苦茶了。

笔者更爱他的第二首："要是咱们都出家，穿袈是你我穿裟。大嚼白菜盘中肉，饱吃洋葱鼎肉蛇。《世说新书》陈'西鞡'，《藤阴杂记》烂芝麻。羊羹蛋饼同消化，不怕失眠尽喝茶。"第一、二句是用知堂原韵"前世出家今在家，不将袍子换袈裟"，他自己说，这是套用旧戏戏文"有朝一日登龙殿，你坐朝来我坐廷"这两句的，但套得十分自然。"幽默"两字，是林语堂从英文译过来的，章士钊办的《甲寅》杂志（大家叫它"老虎报"），却主张译为"西鞡"，钱玄同自己说："西鞡二字若写为幽默或油默，则失粘正，是乌乎可。由此观之，'老虎'真可爱也。"

诗写得十分轻松洒脱，和知堂原作功力悉敌，可见北洋时代，北京学者生活之一斑。

老舍自传

老舍先生私宅，在北京东城乃兹府一胡同内，他们夫妇都喜欢花木，所以小院及至客厅至今花木甚盛。胡挈青夫人原住此屋，长女舒济住前院，近闻拟辟为纪念馆，所以挈青夫人等已迁出另居。但每忆此宅，想到老人辛勤写作之余，在院子里清茶小扇和客人谈笑风生那种祥和恬适之感，觉得他老人家本人就代表东方人特有的生活感情，却万想不到这么一个人，在七十高龄还会被逼得跳下太平湖自杀！

最近偶于一本旧书之中，发现老舍先生的一篇《四十自传》，原文不长，抄录如下：

舒舍予，字老舍，现年四十岁，面黄无

须，生于北平，三岁失怙，可谓无父；志学之年，帝王不存，可谓无君。特别孝爱老母，布尔乔亚之仁未能一扫而空也。幼读三百篇，不求甚解，继学师范，遂奠教书匠之基。及壮，糊口四方，教书为业，甚难发财，每购奖券，以得末彩为荣，示甘于寒贱也。二十七岁发愤著书，科学哲学无所懂，故写小说，博大家一笑，没有什么了不得。三十四岁结婚，今已有一女一男，均狡猾可喜。闲时喜养花，不得其法，每每有叶无花，亦不忍弃。书无所不读，全无所获，并不着急。教书做事，均甚认真，往往吃亏，亦不后悔，如此而已。再活四十年，也许有点出息。

这就是《四十自传》的全文。因未见遗集曾收入此作，故录存之。如果没有记错的话，老舍先生 40 岁，大概是在济南青岛教书的时候，长女舒济、儿子舒乙都已出世。老舍先生生性幽默，近老庄一流，“再活 40 年”应是没有问题的。但“幼读三百篇”，儒家“思无邪”的思想也深印脑中，所以“士”的风骨——自尊、刚正、仁爱和“民胞物与”之情，他都具有。

枫庐

范仲淹在严州，有“潇洒桐庐郡”一诗，后世步韵者甚多。桐庐，确实称得上“潇洒”二字。

桐庐以富春山见称，即严光游钓处，元黄子久作《富春山色图》，就是描写这一带的景色，是桐庐风景绝胜之处，江水一碧，钓台即在富春山上。桐君山在城郊，隔江可望市廛，山势不高，可俯瞰城郭。相传为古仙人桐君采药之处，现有桐君祠，江天一览阁。阁中四面悬叶浅予为故乡所作《富春山色新图》横幅巨制，以阴晴雨雪写春夏秋冬景色于一图，这是前人未有的构思，幅长十余米，气势宏壮，新旧二图，相得益彰，为富春佳话。山下不远，即县政府修建楼居，为浅予晚岁归息之所，浅予亦以多年创作及所藏古今名家书画载置其中，曰“富春画苑”。春秋佳日，浅予归自北京，便定期陈列，以供众览。富春画苑在桐江之滨，桐江即富春江上游，机轮划波，渔舟唱晚，水碧如染，山痕似黛，江山之美，笔不能述。游西湖的人，如在大盆景中，美是很美，但有局限。自杭州沿富春江（浙江流经富阳县，即富春江，富春江至桐庐，是为桐江）至桐庐，眼界渐阔；再上至新安江千岛湖，就浩荡无涯，然后溯皖江登黄山，更是另一境界了。

自严陵滩沿江转入江坳，就是鸬鹚湾，是诗人方干故里。小舟三五，烟村几家，这个小小天地，令人陶醉。李可染曾绘《鸬鹚湾》图，载入画册。

陆游当过严州知州（他的父亲、儿子也都当过严州知州，三代和桐庐有缘）。住在桐庐三年，留下许多诗篇。有人考证放翁有名的“小楼一夜听春雨，深巷明朝卖杏花”七律，是他62岁时守严州，朝辞奏事，至临安府时所作。

第一个劾贾似道的诗人方回（虚翁），在宋末当严州知州时，他写过“放翁六十二，起家守严陵，三稔即柢召，礼闱直青绫（指放翁目严州内调为礼部侍郎）。虚翁四十九，外补当兵兴，七稔始受代，万死脱怨憎……”的一首长古。方回后来以郡降元，仍任建德路总管，有《桐江集》。

小住桐庐，余曾题叶浅予《富春山居新图》七绝一首：

山环水绕江天阔，千载一峰道不孤；

举目游人微有感，四时晴雨富春图。

未央宫

报载陕西考古发掘，已经基本上找出汉未央宫的全部遗址，并挖出文物数千件。这是我国文物考古事业的一大收获。关于未央宫的发掘工作，50年代即由文化部文物局设专组进行，笔者于1957年至西安，组长王君，曾详告发现未央宫某些宫苑以鹅卵石、方石铺路，及当时庭院遗迹。最近公布的收获，当是三十多年来的继续成果。

按今本《三辅黄图》说，未央宫周回二十八里，前殿东西五十丈，深十五丈，高三十五丈，借龙首山的高坡来突出前殿。是汉高祖七年，萧何苦心奠下基础的，当时刘邦还是个乡巴佬，一见宫殿壮丽，还责怪萧何，但终于欣然接受，从住了七年的栎阳，迁入这座未央宫。到了武帝，好大喜功，“以木兰为棼橑，文杏为梁柱，金铺玉户、华榱璧珰……”未央宫极华靡之能事，“宣室求贤访逐臣”的宣室，以及温室、清凉殿等夏、冬建筑、麒麟、金华、承明诸殿，以及掖庭、椒房等后妃宫殿。赵飞燕的昭阳殿则更加“沓黄金，涂白玉……明珠翠羽之饰.自后宫未尝有焉”。以上的描写，未央宫在汉代实是诸宫殿之冠。

等到刘家的天下被外戚王莽夺了，200年前的未央宫便换了主人。公元23年(刘玄更始元年)9月一个黄昏，汉兵和起义市民烧了未央宫西北的作室门，砍破法敬殿的小门，火烧到后宫掖庭的承明殿，王莽慌忙避火宣室前殿，这浑蛋还“手持虞帝匕首”(这是王莽伪造所谓虞舜用过的短剑)，曰：“天生德于予……”可是火跟着过来，群臣又把他扶到前殿水池中的渐台，终于被起义队伍中的一个商人首先闯上前去，砍了王莽那“天生德”的脑袋。未央宫也就在大火中化为灰烬。

过云楼

笔者于60年代初，曾赴苏州访过清代著名书画收藏家过云楼顾氏的后人顾公硕先生，公硕先生是道光年间过云楼创建人顾文彬的第四代孙子。艮庵老人顾文彬当过湖北、浙江地方的太守，是苏州世家。他建筑的过云楼，后园就是苏州有名的“怡园”，占地不大而以幽深曲折胜，现在是公开收票入门，许多游人都去品茶观赏的旅游点。

顾文彬是苏州当时大收藏家，自己编印过十卷《过云楼书画记》，他的孙子顾麟士（鹤逸）是清末有名的画家，他又搜罗了不少古人佳作，自编《过云楼续书画记》五卷，由二儿子顾公雄刊印出书。公硕是老四，致力于古代书画著述的研究。民初余绍宋《书画书录解题》是现代研究中国书画艺术很重要的一部著作，收罗南北朝至清末所有有关中国书画著述数百种，扼要地记下内容并加以评述。公硕在余氏所辑的前人著述之外，又搜集了近二百种，补余书之不足。顾氏一家五代，对中国书画艺术的爱护整理研究，做了难能可贵的贡献。

1951年公雄临终时遗嘱把珍藏捐给国家博物馆，其家属先后捐出宋巨然《海野图卷》、魏了翁《文向帖》等稀世之宝，李龙眠、夏珐、刘松年的画，苏、黄、米、蔡的书法，及赵孟頫、倪云林、沈石田等元明清大家名作将近四百件。笔者去访公硕，他除拿出一些珍本、抄本书画著述幽斋共赏外，还拿出明代篆刻大家汪关（子尹）亲拓印谱见示；最难得的是，明末苏州泥塑的顾炎武像，高约五六寸，衣履眉发，栩栩如生，令人观止。

其后，与公硕音问渐疏。“文革”以后，闻他已在浩劫期间，死于非命。

笔

现代人用圆珠笔，钢笔（墨水笔）也渐被淘汰，原因是墨水笔要灌墨水，还不如圆珠笔方便。以后电脑发达，怕连圆珠笔或什么笔，都因落后而被废弃了。

中国的毛笔，因其是中国独特的书画艺术工具，而被保存，国产毛笔，内销外销都供不应求，更主要是狼毛等原料缺乏，好笔已不易得。

毛笔笔管和笔毫的长短比例，古人有不同的记载：卫夫人说“头长一寸，管长五寸”，这和现代用的笔差不多；王羲之说“锋长九寸，管修二握”，这样长锋的笔，除了写榜书的提笔，或者可能；黄山谷谈到北宋名工诸葛高做笔，笔毫一寸半，把一寸藏在管中，这样的笔，应当是稳健惬用的。但现代笔毫藏管中的一般不到一二公分。

日本及台湾十年前都纷纷到大陆购笔，但台湾近年也生产较好的刚毫笔；日本的山马笔，刚柔随意，久已知名。中国湖州笔，从宋代就已显赫，传到现在，湖州的羊毫笔，还是较好的文房用品。山东掖县，十年前狼毫甚佳，现在也因原料缺乏，生产不易了。

大书法家智永（王羲之五世孙）、怀素，用坏了笔，都埋在土堆里，号曰“笔冢”，张大千在巴西八德园，也有“笔冢”。晋成公绥《弃故笔赋》：“书日月之所躔，别列宿之舍次，乃皆是笔之勋，人日用而不悟！仡尽力于万机，卒见弃于行路……”说笔本来功劳很大，但人用完就扔在路边，为笔打抱不平。廖承志在红军长征期间被张国焘押着行军，只有在要写标语或画宣传画时把他放出，到了延安，承志把笔恭恭敬敬挂起来下拜，说：“亏你救我一命。”

扇子

日用品随着时代变迁，时代变得越快，现代生活的变化越大，日用品的新陈代谢也越速。笔者60年前就读私校时，夏天在校舍内用竹制成长形骨架，竹上绷布，上实下空，吊在天花板上，用绳拉动，满室生风。50年前，悬在天花板上的电风扇（吊扇）兴起，才开始取代这种布制、用人工拉动的大扇。这种布制的大型风扇，笔者至今不知其名，只知道清末广州等地，夏天在大厅中也有用之，富家婢仆，躲在室外，一面自己扇葵扇，一面拉大布扇。这种办法，传自印度，印度王公家虽然用妇女打“掌扇”（一种用羽毛做的特大型扇，高过人头，侍女摇动长逾二公尺的扇杆，为贵族扇凉），但悬空拉扯来生风的大布扇，已见于东印度公司的雕刻版画中，这大约是19世纪中期的事。现在这种布吊扇已完全绝迹，只给六七十岁人留下回忆的童年往事了。

空调冷气机代替电动吊扇是近十来年的事，虽然吊电扇并未完全绝迹，但已属于古老的日用品。要知道，中国人最早的手摇扇并不是现在见到的圆形葵扇、团扇或折扇，而是用芦苇编成的，像一把竖起握刀柄的菜刀那样的"便面"，这在汉魏画像石上都有发现。它一面扇风招凉，一面也用来遮掩不愿见到的人，所以叫"便面"。纨扇和羽毛编的叶形长扇，在东汉和魏晋的诗歌和画像石中都可发现。羽毛编成的叶形长扇，和清末民初流行的鹅毛扇(现在也被淘汰了)不同，略如古埃及壁画中奴隶给主人打的扇而缩小。折扇，宋初的记载是从朝鲜输入的，名叫"三韩扇"，一直流行了八九百年。后来居上，空调取代了手握扇，至今，除了极少数文人外，夏天拿折扇的已经极少，今后怕只能在民族博物馆中才能找到了。

茶事

唐人陆羽，写了一本《茶经》。到宋代，茶馆里就把他老人家奉为“茶神”。并且烧陶为像，供在茶馆里，据说茶馆的买卖好，就用好茶浇在陆羽身上，买卖不好，就用小棍子敲他。陆羽这个人，传记上说他无名无姓，“不知所生”，后来长大了，自己用《易经》卜卦，“得蹇之渐，日鸿渐于陆，其羽可用为仪”，乃以陆为姓，名羽而字鸿渐。这样一个生来就没根没底的读书人，死去几百年还被茶馆老板不时捉弄，真是令人摇头太息，扼腕不已。

日本传统茶道，仪式多种，前岁在东京，做客某巨家，主人以茶道相款。座席既定，席前各置小案放茶碗，碗大逾于平常饭碗，瓷质甚厚。

主妇率家中妇女和服盛妆，跪客厅一隅，一面烹水，一面用石臼乳茶，乳毕，把茶叶分放碗内，叶捣做汁状，色碧绿而芬芳，冲以少量沸水。客依主人状，左手捧碗，右手持碗沿，左转三圈，右转三周，然后品尝；必做“雪雪”声方为有礼。这种茶道自唐代传入，已近千年。品时但觉茶酽而香冽。其后访关西清水寺住持，亦以此大碗乳茶享客。这当是唐宋传入日本的饮茶习尚，和日本、中国现代一般干茶叶和茶具不同。

最妙的是，数年前西安附近法门寺塔基地窖中，发现大量唐代珍贵文物，其中茗碗及茶具，一如日本尚保留的“茶道”样式，说明日本茶道远肇唐风，而在今日中国，此道乃失传了。唐宋煎茶加入姜盐，味道和今天的大不一样，也和日本茶道不同。唐人笔记中，记长安西市茶肆还配以其他药料，生意甚好。西市胡店多，或亦西域茶法也。宋人还有“分茶”之戏，放翁名句：“矮纸斜行闲作草，晴窗细乳戏份茶。”杨万里诗：“分茶何似煎茶好，煎茶不似分茶巧。”初不解“分茶”的意思，台湾版《辞海·续编》“分茶”条，说：“唐宋煎茶用盐姜，不用者谓之分茶。”此说似不完备，如果只是“指不用盐姜”这种约如今天的泡茶方法，那么放翁诗的“细乳”(即日本茶道中的捣茶)和“戏”字，诚斋诗中的“煎茶”与“分茶”对称和一个“巧”字，都无法解释了。

宋人称面食店做“分茶店”，见《梦粱录》。又《东京梦华录》：“食店，大者谓之分茶，则有头羹、石髓羹、白肉胡饼……”意义似和放翁诗中的“戏份茶”不同。

书法

书法者，书写文字之方法也，并不神秘高深。但真正成“家”，也不是随随便便得来的。

现代人用钢笔或圆珠笔写字，有的把笔夹在中指和食指的中缝，有的老师不曾注意指导的学生，还把笔夹在无名指与小指之间，因为钢笔、圆珠笔、铅笔都不要讲究笔的抑扬顿挫，所以人们都不去考虑“书法”，怎样方便，就怎样执笔。当然学校的中文老师是认真负责的，会告诉你如何执笔，才使字写得好看。钢笔、圆珠笔也有书法问题。

比如说，你不会把钢笔放在五指紧握的拳头中写字，这只是猴子或三岁小孩的方法。

至于毛笔字的书法，则比较讲究，向来的书

法老师，都教学生写字要“中锋悬腕”。悬腕，使毛笔的运转灵活，手肘不靠桌面，写起来周转如意，并且笔墨深入纸上，显出书法的精神力量，中锋的目的是使下笔刚健，但是也要看你所要达到的效果，如果用笔毫弹性强的笔，全是中锋，在转侧等用笔也是颇难下笔的。一般书法家，都是中锋为主，偏锋、侧锋并用。

笔者在日本东京，参观一家书法学校，学生很多，他们有的临魏碑，也有的临唐帖，但用笔全是像拿钢笔一样，笔管向人体相反方向倾斜，最初以为教学方法有问题，后来看到《北斋校书图》以及一些唐代壁画，才知道古人席地而坐，执笔方式不能不是斜倾的。因此想到斜侧用笔也能写出好字，书圣王羲之的时代，就是席地而坐的。

普通学写字的人常问：羊毫、狼毫，用什么笔好？颜、柳、欧、苏，学什么体好？第一个问题在你习惯使用，用惯了，能知笔性，就好使用。第二个问题在你的爱好，炒鱼片、香酥鸡、煎牛柳，任你中意，你中意了，就都好吃。

伪拓本

《脞语》有一则关于赵㧑叔（之谦）的记载，说赵和李莼客（慈铭，即著名的《越缦堂日记》作者）是中表兄弟，两人在咸丰时避乱走北京，辗转乞食才得到达。后来两人都获大名，不知何故相诋，以后便不往来。按此事知者甚多，其后罗振玉与王国维也是亲戚至好，终于成为水火，和赵、李的情况颇近。

《脞语》又说："赵多谲，善出其技眩人，私造北碑以售于世，为所绐者甚众。"乾、嘉以后，嗜古成风，伪造之举甚盛；有某名士以汉瓦当拓本二帧送阮芸台（元），这位大学问家因从未见过，大喜过望，非要见见原物，名士推谢再三，不肯出示，后来派人到他家里偷看，才知道是在烧饼上拓出来的，阮芸台也上一次当。

民国廿年前后，北平纷传洛阳出土魏瑶光寺尼墓志，墓主忘其名，说她玉貌花容，盛年早逝，其中许多秽亵描写。拓本索价甚昂，后来发现是琉璃厂人伪造，这人发了一笔不小的财。原来墓志是根据杨衒之《洛阳伽蓝记·瑶光寺》条，有“洛阳少年急作髻，瑶光寺尼夺作婿”的童谣，加以附会伪撰的，利用当时京官有闲好色心理，其“谲”甚于扔叔多矣。

称为唐褚遂良书的《随清娱》墓志，传曾有宋拓本，王虚舟得于南京，明王宇泰刻入《郁冈斋帖》即据此本。清张叔未“清仪阁”旧藏一本，梁任公见到了十分喜爱，以力不能致，让侄儿双钩一本，加以题跋。(此志的内容是，褚遂良梦一妇人，自称是司马迁的侍妾，“高髻盛装，涕泣陈其往事”云云。)任公跋中，也说：“太史公有侍妾，前所未闻，托梦撰记，事尤近诞。”跋的开头，也提到“历代著录家皆未之及”，但任公仍认为“然确为诸书精品”，可见作伪精巧，即使明眼人也甘心上当。

联妙

黄永玉作一画，一老人坐茅屋中，老妻相伴，题云："茅屋三间，坐也由我，卧也由我；老妻一个，左看是她，右看是她。"本出清褚人获《坚瓠集》："漳浦赵从谊，知独山州，州城极荒凉，衙署尤陋，赵自题楹柱一联云：'茅屋三间，坐由我，卧由我；里长一个，左是他，右是他。'"但黄画所题，比原作更亲切有味。只是对多妻的伯爷公，则不合用了。

梁章钜《楹联三话》有一段谈酒店对联的："酒肆联有绝可笑者，如："刘伶借问谁家好，李白还言此处佳。每处皆有，不知始于何时。又河南永城睢州一带酒店联云：入座三杯醉者也，出门一拱歪之乎"则更堪喷饭矣。"我觉得下一联更妙，一定是醉人手笔，而且“之乎者也”的顺手拈来，这种“不通”比“通”还更可爱。如果说这是孔乙己题咸亨酒店的门联，似乎十分恰当。

至于上一联刘伶、李白，作者也是知道一些酒典的，只是胡乱凑上以下的五个字，也不能说不通。两联的妙处都在于通与不通之间，都带点醉意。

许多“无情对”也很有意思：如“三星白兰地”对“五月黄梅天”。字字工整，但内容毫无关系。“公门桃李争荣日”对“德国荷兰比利时”，也是工整不过的。

溥仪溜到伪满当皇帝时，上海大众出版社的《小说》半月刊登了一张溥仪的照片，旁边一副对子，却是：

天高皇帝远，人少畜生多。

这可能也是古人集俗谚的一对现成对子，却是十分贴切。

门联

王湘绮（壬秋）一代奇人，为曾国藩作《湘军志》。其后久居湘潭家中。袁世凯当国，慕其名，专人迓入京师，聘为顾问。湘绮在宅门外大书一联曰：

顾我则笑；问道于盲。

袁深憾之，但无可如何，卒送归乡。

四川军阀盘踞时代，成都文人甚多，有“五老七贤”之称，“五老”之首，推赵尧生（洵），诗文书法，名重一时，时因战乱之后，川中当局有所谓“善后会议”者，商讨内战后安靖之策，尧老以耆绅被邀参加，会中拥兵者各为私谋，舌剑唇枪，纷纷不决。尧老戏书一联，贴于门外，拂袖而去，联为：

“善”无如之何，“会”放狗屁；

“后”来更不了，“议”个鸡巴。

联虽不文，但对仗工整，讽刺入骨，嵌字之妙，匪夷所思。

梁章钜《楹联丛话》，搜罗甚丰，但多风月之作及迂腐之词。独赏其中一则：唐诗有“不才明主弃，多病故人疏”句，有人颠倒窜换一二字为联，以赠一庸医，联云：

不明财主弃；多故病人疏。

使人读之忍俊而禁，或云这是纪晓岚（昀）的游戏之作。

广州大佛寺，旁为天然居酒楼，清代某名士应天然居之邀，为撰门联云：

客上天然居，居然天上客；

人过大佛寺，寺佛大过人。

难得的是不但嵌字自然，并且颠倒文字也贴切实景，这种巧对，真是不可无一，不能有二。

说到这里. 想起北京骡马市大街，清代至民国，都以贩卖骡马牛畜为业。一日，龚自珍（定盦）与友人经其处，看见有一家店面悬有对联，上联是“左手牵来千里马”。下联被门板挡住，未见原文，定盦大赏上联，并和朋友打赌，说下联必是“前身应是九方皋”。认为这是绝对。方得意间，店伙移去门板，原来只是“右手牵来万里牛”，定盦与友，兴致索然而去。

语石

很多熟人爱搜奇石，作为案头清供或置之庭院。沈衡山（钧儒）先生蓄石最精且佳。叶浅予近年也爱好石，前几年在新疆，登克孜尔石窟，七九高龄，沿木梯攀登洞窟，忽然发现有大绿石，重约十斤，颇似玉碱，急求同游者负之下山，辗转由飞机载回北京；游香妃墓，见一卵石大如柚子，石中大小螺纹圆形密布，色彩奇谲，晶莹夺目，解说员故神其说，谓是香妃从北京回新疆时路上捡得，放在香妃家族墓中下层，浅予巡回赞叹，可惜不能偷回去。

现代人看惯了前卫派、抽象派绘画书法，见怪不怪，也不斤斤问人画的是什么东西了。但十年前还是少见多怪，看到抽象派画展，就问及鄙人这是什么艺术，我用最简单的比喻做解：譬如居室花园放块石头，形状奇古，你能欣赏，为什么画得抽象些，你就不能像欣赏石头那样欣赏呢？郑板桥画石，如果不配上兰、竹，还不是一幅抽象派画吗？

前人总结案头或园林布置的石之美，曰：皱、秀、漏、透、丑。秀之外，其他四者，如何能构成美？老太太脸上的鸡皮皱纹，小姐的名贵丝袜漏穿一洞，舞台上布景破了，透露后台，这都不美，至于最后一个“丑”，更是美的反面，如何能构成美？这属于美学的范畴，朱光潜、李泽厚可能写一两万字来解说。但以我的浅见，在不同的具体事物中，美的要求条件不是有绝对准绳的，钟馗如果画得像西施一样美，那就糟了。而裴艳玲演出钟馗，丑得非常之美。

宋朝的米芾，爱石成癖，看到奇石，便拱手下拜，谓之“石兄”。他是最早的一个抽象艺术的欣赏者，或者说，是个追求造型美的艺术家。

古人咏石的诗很多，多是把石比做人的坚贞品质来歌颂。汉焦仲卿妻诗“君当作磐石”，把丈夫对自己爱情的贞坚比做石头，这是较早的例子。当然也有与贞坚的比喻无关的，诗人即兴咏物，也并不“公式化”。“丑石半蹲山下虎，长松倒偃木中龙”，东坡句也。“眈眈丑石罴当道，矫矫长松龙上天”，放翁句也。譬石于虎，暗用李广射虎事；譬石于罴，似落空，然以“当道”字联合，亦暗用《北史·王罴传》。从眈眈的丑石联想到罴，又想到当道的坏人王罴，放翁爱国爱石之念，随时都寄之诗咏。

盆景

周瘦鹃先生，二三十年代活跃于上海文坛，被目为“鸳鸯蝴蝶派”的文人。1950年后，蛰居苏州，以种盆景自娱，他种的兰花、荆条、蒲草、杜鹃、黄山松等，配以小石，清雅妙逸，迥非凡品。五六十年代，周氏盆景的声誉鹊起，凡到苏州游览的人，都希望一访周家盆景。瘦鹃也出版过一本养花小记，文笔清雅可读，当时贤达名流至苏参观者，都有留题，朱德、周恩来都去过周家。“文革”以后，瘦鹃已逝世，吾友龚之方兄，记得有文章介绍过他这位同乡晚年的花草生涯。

盆景在中国，很早就是一种普及于各阶层的文娱观赏之物。60年代发现的唐章怀太子或懿德太子墓壁画上，就绘有一位宫女手捧花石盆景的情节，说明唐代宫廷，就有盆景的陈设。在元代，盆景叫做“些子景”。

盆景和山水画相仿，是根据中国特有的“以小观大”的艺术法则，把自然界的美缩小于尺寸之间，供之几案，是贵族、文人和农夫贩卒都喜欢的文玩。

蓄盆景比种花更难，要选择草木的姿态，并且随时修剪；要好的石头或枯木搭配；要有适当的盆盎。盆景分直干、双干、悬崖（树枝倒挂于盆外）、露根（根株出土面）、叠石（配以石山）等形色。还有在深盆内浮置土石，上栽小树，下蓄游鱼的，总之各出心裁，所以是艺术，和日本的花道分道扬镳。

盆景在国内，因植物、土壤、气候之不同，全国盆景也有许多派别。香港盆景，多来自广州，佳者现在也有值万元以上的。忆在重庆一画家家，看到一盆盆景，选枯树根配以化石，遍长绿苔，其名贵不下于东坡《枯木竹石图》也。

宜兴壶

宜兴茶紫砂壶，近年为鉴赏家所重视，精品一器之值，几年前已是港币5万至10万元，台湾人嗜茶，更重宜兴壶。周树《台阳杂咏》注云："台湾人茗皆自煮，必先以手嗅其香，最重供春小壶……一具用之数十年，则值金一笏。"数百年已有此情况，现在台湾此风未衰，壶值更不止"值金一笏"了。供春是明正德间学宪吴仕（颐山）的家僮，江苏宜兴人，读书金沙寺，供春随侍寺中，从寺僧那里学到制壶的秘诀，可惜金沙寺僧已佚其名。供春的壶，"今传世者栗色闇然如古金钱，郭庞周正，允称神明垂则矣"（《桃溪客语》）。其后时朋（或作"鹏"）、时大彬（少山）父子做壶也享盛名；特是大彬，初访供春，后游娄东，亲聆陈眉公论茶，知道小壶宜茶，便改做小壶，时大彬在壶柄上捺一个拇指痕做标志。据说时大彬壶随意盖上壶盖，便可以把茶壶提起，说明壶盖密实不透茶气。

明万历以后，宜兴制壶名家还有赵良、项真（字不损，绍兴秀才）等不下数十人。壶的品类，有龙、印方、云雷、璃罡、汉瓶、僧帽、提梁卣、苦节君、扇面方、美人肩、西子乳、束腰、菱花、平肩等等（《桃溪客语》），大都炫奇斗胜，各有擅场。到了200年后的清嘉庆间，大名士陈鸿寿（曼生）来绍兴做官，那时良工杨彭年善制砂壶，随意捏成，不用模子，陈曼生给他出样式，做壶铭，幕客中郭频伽、查梅史都予以题识，于是“曼生壶”既精且雅，历来视为幽斋珍供。目前都已是价值不赀了。

宜兴茶壶，近年有名匠某氏，现年七十多岁，制壶精巧，每一壶港币值以万元计，国内外均享盛名。

鸽哨

王世襄（畅安），除了近年的两本巨著出版，对中国旧式家具做科学和艺术的研究，名震中外，他还“多能鄙事”，对养蟋蟀、鸣虫，养鸽、鹰、犬都有丰富经验和见闻，并且对于明清的鹰绶、犬环等文物，也都博有收藏，这种用科学态度对待我国传统及民间文化的工作，为人之所不能为，鄙人属至交，曩者尝共晨夕，然愧未探其深奥于万一也。

三联书店近为畅安刊出《北京鸽哨》一书，鸽哨一名鸽铃，传唐张九龄家养群鸽，并有“清脆铃声放鸽天”的诗句，可见唐代就有把哨子系在鸽身上迎风放出音响的风俗，宋代梅尧臣、张子野都有有关鸽哨的诗词。南宋《西湖老人繁胜录·诸行市》及周密《武林旧事·小经纪》节，都有专卖鹁鸽铃的记载。清满洲人富察敦崇的《燕京岁时记》说：“凡放鸽之时，必以竹哨缀之于尾上，谓之壶卢，又谓之哨子……”其实这种鸽哨，不能笼统称为胡卢，王世襄的分类，大致为胡卢、联筒（几个管状哨联在一起）、星排、星眼四类，第三类以托板为底座，第四类是偏圆葫芦和管状哨结合的鸽哨。这本书如数家珍地叙述品种、佩系与配音、制哨名家的历史故事等等，附以图照，读之娓娓不倦。书中附录了U.雷伯尔一篇短文，述中世纪莫卧儿大帝观赏哨鸽的故事，又云：印度、印尼、伊朗、泰国等地也有哨鸽在空中演奏。并说哨鸽似乎起源于中国。

在北京，四季都可以听到这种悠扬天际，或远或近，闲淡清幽的鸽铃声，使人闻之悠然有出尘之想。特别是天安门的春秋佳日，放哨鸽是个很好场所，这个象征和平的声音，代表着北京市民的和平心态。

牡丹

将近过节，广东花贩又忙于用人工栽培牡丹，使此花能于除夕前上市，而恰于春节左右盛开，这种特殊培植技术，是满足香港老商家在新岁时节，富贵花开的好意头。但是牡丹在北方，原是开于暮春，清朝人在法源寺赏牡丹，见诸诗文者甚多。民国以后，中山公园牡丹也很有名，近数十年来，颐和园的牡丹也盛极一时，章士钊、叶恭绰诸老，在50年代初，赏花中山公园唱和诗，赓韵至三四十首。

牡丹的研究者说野生牡丹以川、陕、滇、藏等西北西南地区为其自然分布区。但我于1957年后，在黑龙江牡丹江县的完达山下，却发现漫山遍野都是牡丹，这种野生牡丹甚似芍药，多草本，多单瓣，多淡红色，牡丹江源出长白山脉牡丹岭，可见原始的牡丹，东北也是发祥地之一。

近年对外开放，广来游客，山东曹州、河南洛阳在清明节后，中外赏花旅游阗噎街衢，唯公园地方有限，游人过多，有如赶集，大煞风景。牡丹盛开时日无多，洛阳一般在四月二十至廿五之间，观者人山人海，公园为了限制游客，有时需在门外排队等候几小时，进门仍人头挤拥，看不到花，由于游客过多，空气污浊，也影响了牡丹的生态。

“牡丹”一名，见于《谢灵运集》“水陆竹间多牡丹”一语，是南北朝就有牡丹。隋炀帝辟地二百里为西苑，诏天下进花，“易州（今河北易县）进二十相牡丹”（《天中记》），这说明中国人栽植牡丹，已有一千三百多年。同时也说明牡丹最早的产地，可能是关外的黑龙江南移至河北的，当然这需要更多的考证。

“自李唐来世人甚爱牡丹”，唐代又是一个诗的时代，所以牡丹诗在唐人诗集中多不胜举。传奇小说，也多写牡丹故事，最有名的是武则天击鼓催花，牡丹偏偏后开，激怒了天后，就把它贬到洛阳，这个故事充分说明极权主义者的蛮横性格。至于李白《清平调》，有人说“可怜飞燕倚新妆”是讽刺贵妃，但通篇乃是宫体，未能免俗，不似李白的风格。不如白居易“一丛深色花，十户中人赋”的言之有物也。

寂寞

“东坡云：岁行尽矣，风雨凄然，纸窗竹屋，灯火青荧。时于此间得少佳趣。”读元林坤的《诚斋杂记》这一段话，着笔无多，却道出一个饱经政治风浪的苏东坡在“姹紫嫣红开遍”之后，能够领略到静寂人生的一点“佳趣”，这是做人难得的境界。

数十年前在上海，诗人邵洵美曾在我的扇头上写了几句话，至今深印脑际：“探索到深处细处，一粒谷里可以窥见宇宙；热闹里有人生，静寂里也有人生。”人们惯于从热闹里看见人生，姹紫嫣红，春风得意，或美金过亿，或官阶跃进，朋从笙歌，嘉宾筵宴，朝朝红火，夜夜元宵，这算是从热闹里体会人生，但这只是人生的一面。这一面使很多人眷恋迷醉，但这确实只是人生的某一角度，这种生活易于使人如服迷幻药，屈从物欲，丧失自我。龚定八有句诗“静能生智慧”，纸醉金迷的场合，无法找到自己，因此也无法细味人生，领略和自我相处，咀嚼我和斯世相依的味道。

齐白石早年奔走衣食，也颇结纳一些官吏商贾，60以后，专心作画，连钱怎样存入银行都不晓得。北京历代皇都，也是奸邪渊薮，老人受欺受骗，处之泰然。他总结出一条经验，是“画者寂寞之道”。这句话对于某些沉迷于声色货利，招摇撞骗，图色图财的所谓“画家”，是当头棒喝。

从事文艺工作的人，要有一个静寂的人生观，才能头脑冷静，进入创作的精神世界。但是处在现代社会，不可能像伯夷、叔齐采薇而食，那么一定的社会活动是避免不了的。只是做人的境界要高，不以声色货利为最终目的，能够在寂寞中找回自我，找回比较真实的人生，领略一下风雨岁阑，纸窗青焰的“佳趣”，这恐怕是更重要的。

怀乡

吴世昌先生，学贯中西，以词学及《红楼梦》研究著名中外，一向任英国剑桥大学终身教授，于1957年举家归国，任中国社会科学院文学所研究员；80年代初，任人大常委会教科文小组副组长。约于80年代中病逝北京，先生长女公子卒业剑桥文学系，聪明好学，爱国热情极高，在英时力主返华为祖国服务。吴氏一家住东城罗圈胡同社科院大楼，夫人及女公子二人均任大学教职，但长女公子回国不久，不知有何感触，渐得狂疾，时发时愈，全家都为此担忧，"文革"时期，病情加剧，跳楼而死。

世昌先生是浙江海宁人，少年就读燕京大学，即有才子之目。他谈到在英国十多年，生活中最难忘怀的事，有月白风清之夜，良朋三五，大都来自大江南北，促膝谈家乡面食之美。有的赞扬山西刀削面、抻面，味厚而醇，有的称四川泸州菠菜面，以菠菜切成碎末，和入面中成条，芬芳碧绿，见者垂涎，有的大赞南方伊面，松脆非凡，有的称颂福建面细如发丝，柔滑不滞，广东蛋面，荐以上汤，不需配料，清爽馋人，有说上海“五芳斋”烂糊面、鳝鱼面之美，有赞战前广州高第街“池记”之云吞面为面食之冠……吴说，去国万里，乡土之思，往往通过一饮一啄来寄托，大家各抒己见之后，结论总是什么时候能回去大快朵颐，于是带点悠然惘然的乡愁，一一告别。

这就是三四十年前欧洲华人学者客中生活之一斑。面食，在中国饮食文化中，只占数以千计的一种，香港人身在福中，随意遍尝南北饮馔，食面更是不足夸齿。但一旦移民加、澳、南美，那时怀乡病发，一碗家常菜干煲瘦肉，也会令一家人相思不已的。

澹生堂

因搜集明末清初画家陈老莲史料，曾在他的同乡祁彪佳日记中，发现老莲与山阴世家祁氏父子兄弟的来往关系。祁氏一门风雅，彪佳、豸佳、骏佳等均以诗文称，工书善画，乃父承璞的澹生堂藏书之富，更是海内知名。自彪佳以下，子媳等能诗画者甚多，因此澹生堂的书，积累日丰。彪佳于南明亡后，自沉家园的流水中，年仅四十四，祁家中落。但澹生堂藏书，仍由祁氏世代保存。彪佳之子班孙，又因挚友魏耕造反事件被牵连，流放东北边塞逃归，家业益颓。那时藏书确曾散失不少，黄宗羲曾记当时祁氏藏书："乱后迁至化鹿寺，往往散见市中，丙午（康熙五年），余与书堂贾入山，翻阅三昼夜，余载十捆而出……”经过三百多年，1951 年间，祁氏后人又散出了一批藏书，这些藏书都是杭州书商从山阴梅市祁家收得的，事为藏书家黄裳所知，急至杭州和书贾商量，购得一部分，其大部头书，力所不及，则函电北京郑振铎，购归国家图书馆。黄裳当时十分兴奋，发现祁氏的抄本和稿本，绝大部分是符合“禁毁”条件的。但祁氏子孙不畏杀头灭族，深藏密锁了 300 年，还能公之于世，他认为事实本身就是极为悲壮的。黄裳还对祁氏所藏戏曲专目，整理刊行，为研究明代戏曲史做出贡献。但黄裳在“反右”期间，为收购澹生堂藏书问题，却吃了不少苦头。

澹生堂的藏书印，共有 16 枚，有 1 枚长达 42 字，为：“澹生堂中贮经籍，主人手校无朝夕，读之欣然忘饮食，典衣市书恒不给。后人但怜阿公癖，子孙益之守弗失。”

现在文人讲究“下海”，走向商业化。对于这种藏书故事，感兴趣的人大概不多了。

笠翁

李笠翁（渔）在清初是个知名人士，他家里养了些歌伶，组成一部戏班子，两个侍妾乔复生、王舟来，一生一旦，经笠翁指导，戏演得精彩动人，他就靠着这戏班子，游陕，游甘，游苏、粤、赣、皖。在南京铁冶岭筑芥子园，演剧、作曲、刻书为生，在南京 20 年，其间因贫再入北京，又回早年住过的杭州（他原是浙江兰溪人），最后把南京的芥子园卖掉，卜居西湖，约三年后的康熙十八九年（1679 或 1680），他以七十五左右的年龄，死于杭州。

笠翁一生的著作甚多，最有名的是由他的后辈王槩、女婿沈心友合作的《芥子园画传初集》，至今尚为学习中国画的初阶。

明亡以前，笠翁家居生活甚适，其后为“宦家书使”（黄文旸《曲海总目提要》卷二十一），给做官人家当过抄写的书手，这大概是国亡家破以后的事。袁箨庵（于令）说他“性龌龊，善逢迎，游缙绅间，喜作词曲小说……其行甚秽……”（《娜如山房说尤》卷下），有人还提到他写传奇敲曲阜孔府的“衍圣公”竹杠的事。大抵在当时社会轻视优倡，笠翁带着家庭戏班游荡江湖，当官府“清客”过日，自然不免受士大夫的鄙视。但他的著述（如《闲情偶寄》），对于戏曲的理论，确是根据生平经验，写出精辟见解，不是一般“清客”“篾片”可比；芥子园的刊书，更为清初出版界做出贡献。他的《十种曲》，任中敏（讷）曾引清人的话，谓：“观其书中借题发挥处，层见叠出，如‘财神更比魁星验，乌纱可用黄金变’；‘孔方一送便上青霄’；‘写头衔灯笼高照，刻封皮马前炫耀，吓乡民俨然虎豹，骗妻儿居然学道’等语，皆痛快绝伦……”

桃花扇

孔东塘(尚任)的《桃花扇》传奇,写晚明弘光小朝廷的腐败,知识分子对时局的愤慨、对“马阮当朝”的不满,以及腐朽的当权人物借机会向知识界打击报复等,其中穿插秦淮妓院的生活和李香君、侯方域的爱情故事。由于时代不远,作者生活丰富,写得有声有色,十分动人。被东塘挖苦为“裤子裆里阮”的阮大铖(阮在南京住富子当巷),早年依附魏忠贤,被“复社”的士子贴他的“大字报”赶下台,这时当了“兵部尚书”,就大事罗织,以及陈定生、侯方域等慷慨激昂,终于挽救不了小朝廷的败亡等,至今还是如见其人。阮大铖这种人,现代也有,那就是康生之流。

东塘的《湖海集》，廿年前上海曾刊印过，从集中看到他交游甚广，在扬州等地常举行雅集，石涛等名流和遗老，也都参加。近人兴化李祥的《脞语》，有一段载东塘康熙间随孙在丰勘里子沙濬河工程，住在朋友先映碧的枣园，那时东塘正在撰写《桃花扇》，“更阑按拍，歌声呜呜，辄邀映碧共赏”，东塘后来把《桃花扇》本子带到北京，映碧的儿子先柚任京官，把剧本交给“金斗班”演唱，立时名噪京师，王公大臣都借演此班，“伶人得缠头甚巨”。恰好东塘过生日，“金斗班”诸伶专为东塘演唱《桃花扇》，东塘拊掌按拍，亲为指授，“自是金斗班超越群班之上”。这一快事，当不下于郭沫若在抗战期间演出他的《屈原》时，在重庆亲赴国泰戏院，和主角金山、张瑞芳共同谢幕七次的盛况。

笔者于六七年前曾赴山东曲阜观光，在“孔林”(孔子)历代后裔墓群中，赫然发现64代孔尚任的墓还完好存在，深叹圣人苗裔，也还有风流才子，写出传世妙文留下人间正气。

七贤

南朝继承了晋人清谈的风气，刘义庆（刘宋的临川王）作《世说新语》，就是士大夫中间品藻人物，清谈玄理的代表作。

清谈误国，确实有许多坏处，但也有好的地方，就是看问题洒脱，敢于打破框框套套，但正因为没有框套，有时是非也混淆了。

《世说·任诞》篇，把"竹林七贤"捧出来，千百世后，都以为这七位知识分子都是"贤"人，其实，学识、才情、人品，除了被司马昭所杀的嵇康可以当得起贤，阮籍是曹魏的王亲国戚。司马昭封王，阮籍给公卿上"劝进笺"，拍司马昭的马屁，司马昭父子利用阮氏的名望，表示爱才，因此留下他的脑袋。阮籍也装疯卖傻，听说步兵校尉出缺，厨中有贮酒，便向晋王求这个差事。日日饮酒不问世事，有时醉卧隔壁酒家妇床上，以此“自污”，保全了性命。从“劝进笺”这件事来看，阮籍算不得怎么“贤”，只能说他能苟全性命，而没有进一步和军阀野心家同流合污罢了。

“七贤”中，向秀熟于《庄子》，据说后来郭象的《庄子注》，还是偷自向秀的。山涛后来仕晋为吏部尚书，“甄拔人物，皆一时俊彦”，大家以“山公启事”(向皇帝启奏人事)为美谈。刘伶除了喝酒(他的喝酒是否与阮籍同其用意，就不得而知)之外，没有什么可以称道的。阮咸完全是个吊儿郎当的破落户子弟，少解音律，当过散骑侍郎、始平太守，史书上不见他有何作为。至于王戎小时候聪明有胆识，但生性贪鄙，官做得越大越见得昏庸与无所作为。西晋的完蛋，王戎及他的从兄夷甫，一个任司徒、一个任太尉，都负有责任。《世说》说他“既贵且富，区宅僮牧，膏田水碓之属，洛下无比。契疏鞅掌，每与夫人烛下散筹算计”。他嫁女，花了数万钱。“女归，戎色不悦。女遽还钱，乃释然。”像这样人，能算得“贤”吗？

魏晋代禅，杀戮无已，知识分子首当其冲，这些人或近中年，年少精壮时候，集合在偏静的竹林，议论朝政，那时志同道合，谁都看不出谁以后的立身行事是否和当初议论纵横的时候始终如一。

选堂书画

近代人发现科学与艺术到了一定进程，就会走到一起来。实事求是的科学，和浪漫色彩的文学艺术，本质上是不可分离的事物的两面。

从事社会科学的学者，和文学艺术的关系，比自然科学家还要密切。

众所周知的，欧洲文艺复兴时代的巨人达·芬奇(Leonardo de Vinci)，不仅是应运而生的大画家，又是一位散文家、军事学家、工程师、物理学家、解剖学家等等。他把艺术文学、自然科学和社会科学集于一身，这种惊人的天才，古今中外，数不出几个。但达·芬奇留下了不朽的绘画杰作，为后世景仰，其他的科技成就，则仅是大量手稿，而没有完整的著作传世。

东晋时代的顾恺之，既是诗人、文学家又是早期杰出的大画家，后魏时的蒋少游，是个雕刻、建筑、绘画、文学、水利工程的多面手，隋唐时代的阎立本、立德兄弟，是建筑师而兼画家的，像王维一样，既是画家又是诗人的，唐、宋时期为数不少，苏轼在诗、画之外，又是文章的大家。

但是，一位史学家、语文学家，佛学、敦煌学、美术史学著作等身的学者，而又是一位画家，这在过去，却是罕见。

饶选堂先生的学术成就，早已为中外学者所公认。

正由于选堂先生精力过人，他并不局限于学术方面的发展和诗文方面的成就，人们又能够欣赏到他又一个方面——书法和绘画的佳作。

宋初的学术文化，承唐、五代之后，产生一个新局面，佛学掺入了理学，社会思想产生了变化。拿绘画来说，也逐渐由“成教化，助人伦”，转向个人意志感情的发抒。“画是无声诗，诗是无形画”，把画的作用等同于诗，画家的修养越深，绘画的成就越大。那时的美术史家邓椿，便公然提出“画者，文之极也”（《画继》）。这句话代表了中世纪以后的美术思潮。“文人画”在五代、宋以后，占了美术创作的主要地位。

60 年代逝世的唐兰先生，认为顾恺之以前，绘画多操在工匠的手中，他们属于社会下层，缺少文化修养和社会生活，不能提高绘画的文化内涵，顾恺之门第高华，是诗人、文学家，有中上层社会的思想感情和生活经验。因此，顾恺之出，以一个有高度文化修养和生活接触的文人从事绘画，不但提高了工匠固有的手法技巧，也丰富了题材的深度和广度。顾恺之以后，中国绘画从工匠掌握的初级境界，提高到诗书画合一的高层次文化。

选堂先生的画之所以“落笔便高”，是和他渊博的学问功夫分不开的。邓椿早就说：“其为人也多文，虽有不晓画者鲜矣，其为人也无文，虽有晓画者鲜矣！”

饶公以其天赋，致力于学术书画，他拥有令人羡慕的古今中外藏书，也有不少的书画收藏和参观公私藏品的机会，他读书讲学足迹遍及欧、美、日本、印度；国内的名山大川，无处不有他的屐痕。读万卷书，行万里路之外，加上他自己所说的：“我自认是一个勤奋的人。”这就足够成为一位卓越的书画家的条件了。

近二十年来，只要到香港，总有幸把晤选堂先生，也不止一次地参观他的书画展览。最近还有机会在他的画室里细读他的近作。饶公的艺术，十年前我心里认为书好于画，近来他的画境蒸蒸日上。看起来画的用功更多于书。饶公的书和画，都是寝赜诸家而不宗于一家一脉的，因此便早已形成自己的风格。最近完成的一幅长卷，有渐江的简练洁净，也有石涛的淋漓氤氲，这两者的融合，是一个极难处理的手段，如果作者没有深透的领会和实践，是很难办到的。不但用笔用墨的精到，浅绛淡青的美妙，令人钦折，只是一开卷便有书卷气，就已难能可贵。

一般文人画，多数画几笔花鸟或几笔山水，甚至梅兰菊竹，择一专精，就算到家，选堂却打破了这些局限，曾见他临钱舜举的《仙人图卷》，揣摩雪川翁所作人物醇净温穆的用笔和色调，细致精微，一丝不苟，说明他是冲破了文人画山水花鸟、梅兰菊竹、聊以遣兴的局限，认真地向高深求索。去年在香港大会堂的展出，说明了他的书画在题材、风格方面早已跃出于文人画范畴之外了。

以画入禅或以禅入画，并不是一件容易的事。南宋的梁楷、石恪、牧溪，清初八大、石涛，近代弘一法师和丰子恺先生，虽然笔墨风格迥然不同，但都可以说是从禅悟参修得来的精神产物。上面说到选堂先生的画“下笔便高”，正是由于他平日禅学修养高，笔墨没有执著，把有、无、色、空融化在丹青手段里，这种不去标榜“禅”而深有禅意的书画，在饶公的作品中，往往得之。

饶公曾因支道林有“穷理增灵光，昭昭神火传”的句子，写过一首绝句：

> 水影山容尽敛光，灵薪神火散余香，
>
> 拈来别有惊人句，无鼓无钟作道场。

这首绝句，应是选堂先生在书画艺术上所追求的境界。八大山人说：“文字亦以无惧为胜，矧画事？”无鼓无钟，“空诸所有”（石涛语），然后才能无惧，才能“有”，饶公常常谦虚地自称,他作画写字,只是“搞笑”,这“搞笑”,应是饶公的公案禅语。

我比饶公差长几岁,爱好书画,也学着做点美术史的研究,与饶公勉附同好,但二十年来,眼看饶公书画的进境神速,文史方面的贡献日大,饶公的成就,使我自己感到相形见绌,落后得很多。“少壮不努力”,只好借饶公来策励自己。

秦岭云画记

中州之人，外质而内文，朴讷守拙，不事花巧，而勤奋敬业，任劳怨，沥肝胆。其于艺术，孜孜矻矻，沉潜以求，不自炫耀而实至名归。其见于画史者，自中世以来，伏牛山区的禹县出吴道子，唐宋人称为“百代画圣”。吴道子画今不可见，但事迹流传，一生曾画壁画三百余堵，就足以睥睨西方文艺复兴诸杰，而为画史奇迹了。其后太行山区的沁阳，又出了个荆浩，荆浩山水，为我国宋元以来先导，关仝北面事之，而为范宽辈之祖。谈山水者，莫不称荆（浩）、关（仝）、董（源）、巨（然）。唐五代以后，河南画坛，作者赫赫，宋代温县郭熙，洛阳郭忠恕，至今海内外博物馆，以珍宝视之。而周琤（昆来）出自嵩山，以巨幅人物、龙、马享誉东南，并精拳术枪法，惜反清起义事败，沥血于雍正年间，河南人尚有不知其人者。近代数百年，文风粹于东南，人多知有唐（寅）、祝（枝山）、文（征明）、仇（英），而中州画家，多默默无闻，历史时势潮流如是。

秦岭云出生于汲县，世代为民间工艺作坊工师，缚纸马，彩绘门神灶爷，岁时为蒭偶、春牛、兔灯、香供以给衣食。至岭云始以髫年裹粮走京师，就读于美术学院，遂从事于美术专业。

齐白石云："绘画乃寂寞之道。"岭云出寒门，旧社会中穷无所遇，教中小学，时作时辍，时亦欠薪。逢抗日战争，携妻挈子走数千里，愿为国效劳，乃未能申其志，暂为画工，终亦失业，妻子嗷嗷，画不足以济其饥也。建国以来幸有业，岭云兢兢守其职，而30年未曾正式作画，岭云不自馁，曾告我说："几十年来，虽未执笔，但美编工作不离画，旦夕与画相亲炙，甘寂寞了。"秋雨春风，益发兢兢于工作，虽跋前踬后，未曾介意。岭云于70年代末，以适龄退休。

岭云是百分之百的河南人性格，兼以早岁迍邅，平日沉默寡言，而笃于友谊。我与岭云对桌而坐十余年，常面诤我的过失，戒以慎喜怒，勿躁进，谨言行。我虽听进去，但终悔未能彻底改之。岭云任美术编辑工作，古今中外，无不涉猎，我所知者如《永乐宫壁画》、《道子墨宝》等大型画册，都是为了保存我国传统绘画艺术给后人参考，而花了心血，抑且大有贡献于文化之繁荣昌盛；然当时亦有持异议者。

岭云在朋友集会时，也兴致盎然地放开嗓门唱河南坠子，对地方戏我是大外行，但中州音的慷慨沉雄，也使我感动；他唱民间草台班子戏《陈州放粮》等，充分表现出河南人的幽默，博来满座欢笑。今虽远别，印象犹深。

岭云夫人汪亦秋女士，香山慈幼院孤儿，而终生从事于慈幼事业，茹苦数十年，诸儿女得饱受教育，今已不负家庭社会之栽培，岭云、亦秋退休，儿女亦茁壮成长，各有所就。

亲朋中，或有因退休而百无聊赖者，或说："我饱食终日，无所用心，坐以待'币'。"或说："辛苦一辈子，乐得回家抱孙子。"而吾友岭云独不然，说："我有手、脑、双目，能画，有足，老健能走四方，穷祖国山川文物之奇以充实吾画材。又值改革开放，无扞格，无框套，能以薄技为祖国文化建设添砖瓦，岂能投闲置散以白吃人民小米？"于是五日一水，十日一石，孜孜矻矻不求人知如故。曾飞渡于阗瀚海，探交河古迹及克孜尔石窟；七十老翁，峢湖北神农架原始森林，与青壮年竞登攀。十数年间，足迹遍南北，于是挥毫落纸，解衣磅礴，而世人乃渐知画师秦岭云。壮哉，岭云盖善用其晚年余热者。

岭云画，于近人爱傅抱石，抱石能以山水为师，不受前人规范拘束；于古人爱石涛，石涛崛起于顾(恺之)、陆(探微)、荆(浩)、关(仝)以来画手之外，独具自家面目，所谓"我之为我，自有我在"(《石涛画语录》)，古代画家，有当时之"我"在，而现代画家，当亦有今时今日之"我"在。中国画是一总名词，每一时代，每一中国画家都应有“我”的特殊存在。对传统之探索，只是石涛所谓“借古以开今”。若问岭云山水特点，亦只曰：他画自己的画，以自己的笔墨，表现自己对自然、对祖国山川的感受，这种感受表现为艺术作品，能够深刻感染于人而已。

岭云画善用浓墨、湿墨，满纸淋漓，润含春雨。至于干湿互用，粗细折中处，又深具匠心，煞费经营。所以氤氲满纸，山水树石，均有生态。岭云说：“因为深知自己不是天才，所以不敢草率欺世。”然世固有以“天才”自欺欺人者。

至于烟云点染，山川布局，因四时之变，极景物之奇，或秋月明辉，或冬岭孤松，或长河飞舟，或峻岭万木；其雄奇、幽邃、峻峭、空阔之境，岭云寓于目、存于心者，经营布置，穷其神韵，通于灵感，因此布局不凡，命意奇谲。唐张彦远所谓“境与性会”，意指外界景物与画家个性结合，岭云的山水，固自有岭云在，盖以数十年风雨晦冥，山川瑰丽，以垂胡之年，写心目中可歌可泣之境，融入个性，所以能使观者触景会心，情绪同化。

5 世纪初，又是河南，出了一位大画家宗炳，史称他“凡所游履，皆图之于室。谓人曰：‘抚琴动操，欲令众山皆响’”。这也正是任何一位真正画家，包括岭云在内的艺术襟抱。回忆 1979 年，岭云作《瞿塘峡图卷》，曾题俚句其上，有“往年曾梦瞿塘峡，恶浪危滩势欲吞；今日卧游烟景里，更无迷雾有晴雯”之句，其时四凶方殛。

最近接岭云信，因知我贪馋致疾，戒之曰：“我辈年高不可大意，养生口诀：‘莫吃饱，莫烦恼，莫跌倒。’幸三思之。”远隔天涯，相煦相湿之深，余欲无言。

信中又说：“年已八十，幸喜顽健如初，每日三饱两倒，不负朋友的鼓励，决定以平日所积山水之稍惬意者，公开献丑。”嘱余为短文。噫，士别三日，犹刮目相看。岭云毕生守寂寞之道，禀中州人之性，艺与年增，知必有更高的飞跃。别岭云数载，岂敢妄评岭云画？吾将北归吾土，以俟展览开幕，与广大观众同叹赏耳。因暂以前所接触大略，为读者絮渎陈之，或得如张彦远所云：“叙其所见，庶为知言；知之者解颐，不知者拊掌。”（《历代名画记·论山水树石》）

齐白石小记

我认识白石老人，是在抗日战争以后。1947年春，白石老人南下小住南京；我获得他的一位同乡介绍，前去拜会，并邀请他来舍小饮。

白石老人的护士

记得白石老人应邀来临时，有一位护士陪同。这位女护士家在卢沟桥附近，一直照顾着他，至50年代初才离去。其后来了一位较年轻的护士，不到一年就离去了。他逝世前，由一位颇硕健的中年女护士照顾。

那时有些传说，说他缠在腰际的金条给某护士偷走了，使他闷闷不乐了许久；又说某护士辞别后，他写了“春蚕到死丝方尽”的诗句贴在屋里。但这些传说比起人们对张大千、毕加索的传说，那是小巫见大巫了。敌伪时期，白石老人的侍妾胡宝珠逝世，他确实需要有一位护士在身边。

家庭生活

由 1950 年至 1957 年白石老人逝世为止，我经常到北京西城跨车胡同 15 号铁栅书屋去看望他。“铁栅书屋”四字是他自己写的。屋子不大，小四合院，白石老人住北屋，有个铁栅栏。儿女就住东、西两厢。他 73 岁所生的最小儿子，那时远在中学读书，经常不怕挨骂窜进“铁栅”索取钱物。女儿刚和一位军人离婚，住在西屋。三子子如，勤奋好学，最能继承他的衣钵，那时也快 50 岁了，在辽宁博物馆工作，不常回家，可惜 50 年代就逝世了。

老尹是白石老人的门房，本为清末的小太监，白石老人把他收留下来应付访客，那时也有六十多岁了，变嗓无须，青衣束裤，还是清末北方老百姓打扮。老尹说：白石老人给的工钱不多，但年节高兴，会送他一两幅画，老尹有时就拿画来向访客换点钱。这个太监，大约在“文革”期间逝世。

白石老人的大橱

铁栅里面，西房是卧室，中间和东间打通，是白石老人的画室和待客休息处，简陋狭窄，他盘桓其中垂30年，创作成千近万的作品。

东间墙上有一大橱，存放纸张、印石和画家自己满意的作品，经常锁着。故人新朋来访，谈到投机，他就会站起来从腰间取出钥匙，打开大橱，拿点心盒出来款客。点心放得久了，有时发霉，他也不介意。

50年代初，我曾和李可染一起去看他，临走时，他颤颤抖抖地从袋里掏出两元人民币，一人分一元。我正要推辞，可染悄悄地说："这是老师的规矩，如果不要，他会生气的。"从此，我每次去拜访他，如果获赐"车钱"，也只好再拜而受了。

白石老人除了画画，对日常生活不甚关心。有人说他爱钱如命，其实不然。在敌伪时代，他听人劝告，把钱存在银行；胜利后，取出来的钱却等于废纸。"金圆券"时代，他也吃过大亏。所以只好把血汗换来的现钞买金条缠在腰际。至于零星的收入，就在墙上挖个洞，把钱放进去，依旧用砖头堵住。他吃尽了文明社会的苦头，才采取中国农民的传统方法来保护自己，这就是他引起社会讥笑的原因。对朋友和学生，他是十分热情慷慨的。上面所说的赠"车钱"，只是一个小例子。

一天下午，我到跨车胡同拜访白石老人，正打算敲门，就来了一位邮递员。他知道我是来看齐白石的，就拿出一封信托我顺便捎去。我见了白石老人，把信递上。他坐在破长藤椅上读信，样子十分高兴，读后站起来看了我好一会儿，又颤颤抖抖地摸出钥匙打开大橱的门，拿出很多卷画，指着说："你挑吧！挑一张你喜欢的，我送给你。"我很不好意思，但长者之赠也不好推辞，于是在几十张画中选出一幅浓淡对比较强的"虾"。白石老人沉吟一会儿，便摊在桌上写了两行跋语："八十九岁之白石老人，久客京华，梦也思家。时值苗子弟携予亲人书至，此谢之。"不容分说就交给了我。这幅杰作现在还在我家中珍藏。"君子可欺以其方"，至今我还觉受之有愧。

一笑题画

有一次，我同郁风去拜访白石老人。郁风乘他聚精会神作画时，拿出炭条画纸，为他作了一幅画像。白石老人十分欢喜，但他知道郁风无意把画送给他，就主动拿毛笔在画上题曰："郁风女士艺精，为白石画像甚似，然非予之所有，予记之。"他晚年不多说话，幽默感常表现在"题记"中。

1955年后，我和吴祖光夫妇都住在东城西观音寺。白石老人极喜听祖光夫人新凤霞的评剧，凤霞称他为"干爹"，他也欣然受拜。加上那时他的弟子许麟庐在西观音寺开和平画店，他的高弟李苦禅也朝夕在画店中聊天，所以西观音寺就常有这位九十山翁的足迹，吴家和舍下也蒙他枉驾。

不出公卿

这里且记一段与白石老人的老农风格有关的逸事：由于跨车胡同老人自置的住宅简陋，而他又是世界承认的中国画大师，各国政治文化界人物，闻风往拜者踵接。在周恩来指示下，北京市特别在沙井胡同给白石老人置一大宅，周恩来还亲自审视陈设，然后自己去迎接他移住新居。不料白石老人极不高兴，情绪激动，天天要求回到旧居。周恩来没有办法，只好又亲自送他回跨车胡同。这一年 9 月，白石老人就逝世了。

白石老人曾刻过一方圆章："白门老屋不出公卿。"他就是这样一个傲视王侯的人物。遥想他离开沙井胡同大宅，回到跨车胡同时，"乃瞻衡宇，载欣载奔"的情景，我仿佛见到了现代的陶渊明。

附记：这篇短文是旧作《白石老人逸话》的补充，写于一九八九年。

徐悲鸿小记

独持偏见　一意孤行

我第一次谒见徐悲鸿先生，是在 1934 年初。当时为了选刊徐先生的作品，奉上司(上海大众出版社总编辑梁得所先生)之命，专诚从上海到南京傅厚岗 2 号徐家拜访。在琳琅满目、像个小美术馆的客厅中，挂着一副字如斗大的对联，是泰山经石峪刻注的墨拓本集字：

独持偏见　一意孤行

我给这副气魄雄健、出语惊人的大对联“镇”住了，暗想这位大艺术家果然不凡。后来和徐先生来往稍多，我了解到他坚持的创作道路。他尽力遵守他的法国老师达仰的话：“一个艺术家要诚实，要自信”；“人不可有傲态，但不可无傲骨”；“不要为名誉和金钱创作，不要为阿谀时尚创作”。这都是他要“一意孤行”的箴言。徐先生反对马蒂斯、毕加索等现代派绘画，确实也是“独持偏见”。这种“偏见”不一定对，但至少是一家之言，是他坚持了一辈子的。

对中国画坛的贡献

徐先生“独持”的“偏见”，在中国美术教育方面，形成了保守的学院派；另一方面，他为中国的油画奠定了坚固的写实基础，造就了吴作人、詹建俊、靳尚谊等许多在国际上能站得住的写实派油画家。

徐先生自己坚持中西画结合的创作道路，这在当时的中国是一种新颖的尝试。他遗留下来的《愚公移山》、《九方皋》等巨幅作品，可以说是不朽之作，代表了一个时代的艺术成就。在这方面，徐先生可能是实践了康有为的主张：康氏在《万木草堂藏画目序》中早就提出中国画应当吸收西画的某些长处。徐先生和康有为，在民初就已相识。

徐先生自法国回国后，没有几年安静创作的日子。感情问题、内战、抗日战争等等，相继困扰着他；1950 年后，无休无止的“为政治服务”，更浪费了他的晚年光阴。因此，像《愚公移山》这样的作品，就遗留不多。如果徐先生活到齐白石那个年龄，他对中国艺术的贡献必定更大，可惜他只活了 58 个春秋。

徐先生收藏甚富，曾给我看过一幅清朝金农的《风雨归舟图》，得意地说："这幅画，是拿一幅宋画（记得是董源所作）向张大千换来的。"

他收藏古画，残破处喜欢重裱后自己修补着色。有人批评他破坏了古人作品，他说："安知我改后不胜过原作？"现在北京徐悲鸿纪念馆所藏部分古画，还可以看到这些痕迹。

艺术家的脾气

徐先生平日为人谨饬，但艺术家脾气总不免自然流露。在重庆，他画过一幅枇杷，题句是："欲破悭囊购彩票，中得头奖买枇杷。"在北京，他到琉璃厂找裱工刘金涛同车到他家裱画，半路上忽然叫汽车停下来，然后向金涛借款一元，下车去买烤白薯同吃。后来忘了还钱，金涛也不敢向他讨债。

徐先生和刘海粟的龃龉，是国内艺术界数十年来引为谈助的。这两位艺术家性格不同，艺术主张不同，但彼此各有成就，徐先生逝世后，刘海粟很少有诋毁徐先生的言论，于此可见其胸襟。

爱情生活

徐先生的爱情生活是波澜起伏的。蒋碧薇女士是一位从书香门第中解放出来的女性，她文采风流，头角峥嵘，读者可从她所写的《我与徐悲鸿》一书中看到她的性格。她确是一位敢说敢干的沙龙夫人，但她对徐悲鸿的管制，颇使他难堪。徐先生和得意门生孙女士的一段关系，是他一生的难言之隐；孙女士后来在创作与教育方面均有成就，徐先生有知，当堪告慰。

徐先生和蒋碧薇离异后，就和廖静文女士结合。静文夫人对徐先生最大的贡献，是奔走各方，使徐悲鸿纪念馆得以成立，保存了徐先生的重要作品。

附记：这篇短文是旧作《画家徐悲鸿》的补充，写于一九八九年。

《画驴歌》

当今画手谁最工？争鸣齐放乘东风，
画马悲翁画牛李，黄胄独画长耳公。
卅年画驴尽驴态，说奇不奇怪不怪，
有骨有肉更有神，当其下手风雨快。
有时画出驴性强，蹶蹄甩尾穷形象，
有时驯善且谦虚，俯首某为孺子驴。
有时牝牡同伉俪，有时母子情深挚，
忠奸勤惰表情异，喜怒哀乐形神备。
画驴何止极驴形，分明画出人间世。
李龙眠，迂堪笑，画马怕入畜生道，
黄胄来生倘变驴，深入驴群更奇妙。
诗人清思在驴背，脚汉赶车靠驴腿，

世间万事纠纷多，强使驴头对马嘴。
他人骑马我骑驴，等级何必嗟悬殊，
非驴非马骡亦好，牵车挽轭同神驹。
黄胄黄胄矜汝笔，勿与世俗论得失，
描龙画凤任诸公，汝画毛驴千万匹。

此吾为画家黄胄所作《画驴歌》也。黄胄画驴，观察入妙，刻画有神。每当神酣意足之时，明窗抻纸，以浓墨涂抹数团，人不知是何物，然后以水、墨就浓处四周渲染，逐渐见头、见尾，见腹、项、腿，见嘴眼毛鬣；或立或奔，或昂首嘶鸣，或低头啮草，尽态极妍，而水与墨会，墨与笔会，笔与手会，手与心会；得心应手，于是黄胄的驴便在水墨神意之间，如真如幻，出现眼前，艺术本来不能以言语表达，而是凭观众的视觉来感受的。黄胄画驴，识者赞叹，“知音者芳心自同”，如此而已。

诗中“画马悲翁”自指徐悲鸿，“画牛”之“李”，则李可染也。至于“俯首甘为孺子驴”等语，自是把鲁迅翁的名句末一字的“牛”加以改造，还拿宋代的李公麟（龙眠居士）平日好画马，受了神秀禅师的劝告，说马画得好将来要堕入畜生道，来生就变为马，龙眠受了催眠，就乖乖地改为画佛。文化艺术界有句口头禅，叫“深入生活”，因此想到如果黄胄驴画得多，来生变驴，那就真正“深入”到驴的“生活”中去，驴画得肯定更好了。他还引前人“他人骑马我骑驴，比起他人我不如”之句，以及毛泽东的句子“非驴非马！变个骡子也好”等古今典故，顺手拈来，给这“驴”字做文章。黄胄在“文革”时期，被报纸封为“驴贩子”，这个“黄饭驴”的名字，似乎比清初江西画派领袖“罗饭牛”（牧）的大号，更响亮得多。

章太炎

章太炎先生是俞平伯的高祖曲园先生的高足。在清末，一方面从事学术钻研，另方面以文字鼓吹革命。他的行为怪癖刚直，一生都埋首于古书堆中，不但著述用古文，字也要写古体，把自己的著作《国故论衡》题为《或古仑鱼》，是根据商、周金文的大篆书体写的。

清光绪末，太炎自日本归国，因为邹容《革命军》一书写序，清廷密电上海道照会会审公堂拘捕，因恪于中外舆论，没有解京，只监禁三年。邹容病死狱中，太炎在狱本判苦工，但在地方官照顾下，他读了三年书就释放了。

民国三年，袁世凯想称帝，害怕太炎在沪抨击碍事，就骗他入京，先住化石桥，袁派了四名宪兵予以监视，被他发觉了，拿棍子把宪兵打出门外，冷笑说：“袁狗被吾逐矣！”后来宪兵改穿便服，太炎遂未察觉。

袁的走狗陆建章，派人求见太炎，拿出龙洋五百元，说：“敝总长（指陆）奉大总统命，知章先生居此，虑供应缺乏，有所东赠。”太炎抄起银币向来人当头掷去，叱“袁奴速去”！

太炎在寓所设国学讲习所，求学者甚众，但两月后即厌倦，和左右商量出京，袁世凯便命陆建章把他送龙泉寺软禁！太炎骂袁不绝口。翌日，袁派次子克文（袁寒云）送锦缎被褥，不敢面见，着侍者捎进内室，太炎觉得奇怪，发现寒云在窗缝窥看，他用香烟把被褥烧成一个一个洞，然后掷出窗外，喝道：“归告汝父，勿发皇帝梦，吾生平不受人怜也！”

太炎绝食三日，被马叙伦婉劝，总算赚他吃了煎鸡蛋，以后就开荤了。袁死，太炎始于民五南返。被袁骗禁北京两年。

这就是中国知识分子的传统风骨。

弘一

丰子恺先生谈到人生入世有如进入房子，有的人一生只停留在第一层，眷恋于浮世的酒色财气，有的人能更上一层，以书画诗文陶冶性灵，至于再高一层的境界，了悟生死，超脱凡圣，这是极少人能做得到的，其师弘一法师李叔同，庶几近之。

弘一法师的父亲，据说是天津盐商，家豪富。他早岁留学日本修习音乐、油画；是个多才多艺的人，少年时曾经主演过话剧《茶花女》，当时的话剧也男扮女装，他早年喜欢把剧照送人。在那个时代，演茶花女主角的有两个人其后都有名于世，一个是李叔同，一个是周恩来。

李叔同在杭州第一高师任音乐教员，叶圣

陶先生、丰子恺先生、夏丏尊先生等，都是他的学生，他们在思想上，都程度不同地受到老师的影响。他在学校授课，从不疾言厉色，只是循循善诱地开导学生，因此，在他离校出家后，门生到庙里求教的，也络绎不绝。他的出家是早有夙愿的，在安排一切之后，曾禁食三日，然后在一个清早，从学校宿舍中把一领袈裟，一床被服，挑进西湖昭庆寺受戒。事先没有告诉他夫人，夫人是日本籍，知道后想入寺见一面，未得如愿，经三昼夜，弘一法师叫小和尚递给夫人一张纸条，夫人看了，便收涕而去。

义宁陈师曾（衡恪）先生，是清末大诗人陈散原先生的哲嗣，大学者陈寅恪先生的哥哥。当时是北方著名画家，笔者曾见师曾先生的一幅条幅，画有竹鸡、泥人、石膏制阿波罗像等各物，题一长跋，大意是弘一法师出家前夕，以身外之物分赠知友，予以所得者绘为一图，以志因缘云云。近年国内藏家，极重弘一书法，不但功力天分绝人，更难得的是一种拙重隽永的禅味。

梁思成

1964年顷，访梁思成先生于清华大学校园，那时他仍担任清华大学建筑系主任。

梁夫人林徽音女士逝世后，梁家布置草草，无复当年雅净。印象较深的是几案间放了几个小瓷盆，一白色似建窑，一浅青似越器，都放了几颗莲子，浅泥清水中，莲子吐出绿芽，他说："莲子放在小瓷盆中，如果水质泥土适宜，可以长出小叶，花大小似梅花，叶大如钱，莲藕像铅笔大小。思永(思成的兄弟)住近什刹海，他每天到那里换水，种成功了。我这几盆是在试种。"雪堂被他一说，大感兴趣，回去也以小盆如法种之，结果只吐小芽，未出梗叶，更不要说像梅花大小的荷花了。

那时梁思成是世界建筑师学会副主席，他刚从南美回国，拿出几件陶制人形示雪堂，说：这是三四千年出土的玛雅文化，你看和中国新石器时代彩陶的造型、纹样，及烧制方法多么相似。近代考古学者，纷纷议论玛雅文化与华夏文化的关系。这不是没有痕迹可寻的。

梁思成的艺术趣味很广，一日接到他的电话，谈及陈师曾所绘《北京风俗图》册页闻现在北京某处，说此册原是他父亲任公（启超）先生所藏，少年时曾在父亲书斋中见过，印象极深。雪堂也告以昔年曾见过珂罗版本，其中有姚茫父等题咏，极幽默可喜，例如所绘民初北京大街专管“泼水”以防止灰尘飞扬的泼水工人，题云：“十日有雨尔闲娱，十日无雨尔街衢，买臣有妻尔独无，如何呼尔泼水夫？”

思成先生逝世后十余年，此册历劫尚存，曾在北京出版问世。但色彩殊欠理想，最遗憾的是把诸家题咏，全都删了。

从文先生

1975年，余那时住在北京东城小街，原来是七间房子的蜗居，被人占得剩下三间，厨房也被拆掉了。

在“嗟予遘阳九”的年头，常常有一位瘦小老人，笑眯眯来到舍下，默默地喝一口茶，然后轻声地说：“你出来了，很好，坏事情总会过去的。”好像是安慰和鼓励我，也在安慰和鼓励他自己；于是就滔滔不绝地谈近年出土的唐章怀太子、懿德太子墓的壁画，从壁画人物线条如何美又谈到唐代服装、发饰，说到他见过一个唐女尸墓中的九种假发发饰……他谈得那么兴奋而安详，津津有味，然后又像对我说，又像对自己说那样：“我们有很多事情好做，一个一个题目做下，十辈子做不完，我们都来干。”他屈着手指数着他的研究题目：中国历代服装史、历代绘画中的马种与马饰，从汉墓出土大量的熊，研究汉代健身术——熊经鸟申……这位博学和文采斐然的老人，就是沈从文先生。

有时我不在，沈先生来了，还是滔滔不绝地对我那初中毕业、插队归来、任职杂货店售货员的儿子同样款款深谈：“中国的刺绣，美呀！汉代漆器纹样，美呀……”美呀美的，小伙子也给这位老人的“美”的诱导迷住了。

当我在不怎么好受的地方静静地享受人生时，沈先生比我更不好受；多年积累下来数以万计的资料卡片被抛到院子中，第二天就被一锹一锹地扔进垃圾车去；天安门城楼上的男女厕所，沈先生认认真真地天天去打扫（后人如写“天安门史”，应该补这一笔），他像摩挲一件青铜器那样摩挲每一座马桶。他背着30万字的初稿《中国服装史》到咸宁干校。结果被扣下来，丢失了。他居然有勇气重新写出一本来。

钱锺书『风貌』

感谢彦火兄给中国当代五十多名作家留下了准确鲜明的风貌，他的名作《中国当代作家风貌》及续编的风行，证明这件工作将非常有益于今天和日后的文艺爱好者和研究家们。这是文艺界一件功德无量的事。

举例说，沈从文先生对中国前期山水画做过研究，可惜他后来没有精力写出来，这是彦火兄在 1981 年访问沈先生的助手王孖、王亚蓉的谈话记录中提到的。

彦火兄这本书，不但材料丰富，而且文笔精辟活泼，恰到好处地表达一位作家的精神面貌。例如续编中的《钱锺书访问记》，我认为是一篇极好的传记文学，用笔不多，但把钱先生的学问、工作、见解、性格都鲜明地刻画出来。例如彦兄和钱锺书谈到他的《围城》,是不是他的代表作?钱锺书答道:“代表?你看我这个是代表什么?又不是‘人大代表’的代表,所以也无所谓代表不代表,您说是吗?……要说代表,只能说代表过去那个时候的水平。……假如——天下最快活的是‘假如’,最伤心的也是‘假如’,假如我当时另一部长篇《百合心》写得成,应该比《围城》好些。但是把稿子丢了……倒是省事,如果稿子没有丢,心里痒得很,解放后还会继续写。如果(“文革”)那年给查到,肯定会遭殃!”

钱锺书提到他在日本京都大学访问时,答复一个中国文艺开放的问题,他说:“我说目前中国还只能开窗,还不能开门,开窗是一定的,这是大势所趋,人心所向,如果一下子把门、窗全都打开,风太大,就会引起伤风感冒。特别是对有些病人,就算只开窗,也会怕着凉……”

钱先生真风趣。

江山代有才人出
——潘天寿小记

懒寿不懒

画家潘天寿(1897—1971)从小就不大爱说话,长大了只知道埋头在画桌书堆里讨生活,看起来有点儿呆头呆脑的。浙江土话叫这朴讷谨愿之人做“寿头”,朋友们因为他原名天授,所以就开玩笑地叫他“阿寿”。他听见了非但不生气,反而觉得这个名字很切合他的个性,所以在书画上自己也署名“阿寿”。二十多年前上海美术专科学校那时经常看到这位硕长身材,穿一身灰布长衫,戴一副老近视眼镜,头发短秃,走起路来慢吞吞的中年教员,谁也没想到今天已是名满全国的大画家。提起画家的别号，还有另一个有趣的故事：中年时代，潘天寿作画常常自署“懒寿”，有时还自称“懒秃”，那时常在一起的朋友都知道他有个爱白天睡觉的毛病。他自己当时也毫不掩饰这点懒散习惯，是懒啊，几十年当个穷教书的，美术事业没有出路，国家没有前途。朋友见面都是唉声叹气的，兴致和劲头又从哪儿来呢？可是接近晚年，这个“懒寿”却一点不懒。1962 年在北京举行的他的作品展览会，近百幅的作品挂满了两层楼，其中四五十幅都是六尺以上的大作品，并且多是 1958 年以后的创作。五六十年代，他是全国人民代表大会的代表，是中国美术家协会的副主席和浙江分会的主席，是浙江美术学院院长，又是苏联美术院的名誉院士，各种美术活动和开会，他都够忙的，“懒寿”这个署名在他的画上也就看不到了。

游览杭州的人，都看到浙江美术学院南山路那座宽广宏丽的院址，学院再过去十几步就是景云村，近侧有一座半新的洋房，院子里花木扶疏，铁门上篆书“瓶庐”二字，这就是潘天寿的住宅。这个地方不但离美术学院很近，而且闹中取静，出门几步就是湖边，真是非常适宜于画家的住宅。

一扫古今为快

潘天寿的原籍是浙江宁海县，他老家就住在雷婆头山下，所以又自署“雷婆头峰画者”。自小就爱弄笔作画，但是对他的绘画打下更好的基础的是十六七岁在浙江第一师范学校读书的时候。那时校长是艺坛名宿经颐渊（亨颐）先生，经先生重视培养艺术青年，特聘从日本回来的李叔同先生任教，这位我国近代艺术启蒙大师之一的弘一法师（李叔同后来出家的法号），造就了不少人才，丰子恺和潘天寿，都是经、李二位的高足咧。

潘天寿和老师们的感情都很深厚。1937 年，经亨颐先生要在杭州建立寒之友社的社址，在岳坟西面仁寿山麓找到一块地，便约了潘天寿、姜丹书等一起去勘踏地基。正在那时，一个小兔子从草丛里跳出来，大家哗笑去捉，结果那机灵的兔子却被“阿寿”捉住了，这兔子吱吱地在潘天寿的手巾包里面可怜地叫。后来经先生笑着说：放了它吧，要是带回去一定要死的。这事后来姜丹书写了一篇小文，暗示在黑暗时代小民百姓被统治者的铁手捉住，就像兔子一般没有生路。经先生还笑着说：将来建成寒之友社时，一定要盖一座放兔亭。这事已经过去二十多年，潘天寿如果回想起来，也一定不胜今昔之感吧。

潘天寿到上海后，认识了吴昌硕先生，这位前辈的画家对潘天寿起了很大的影响。缶老对于这位后进也十分器重，可是潘天寿却没有正式从缶老学画。潘天寿的画，主要还是从徐青藤、八大山人、金冬心入手，山水则以石涛、石溪的影响为深。他学画从不临摹古人，可是喜欢看，他学前人不主张从一笔一墨的形似去模仿，却爱研究前人治艺的态度和精神。北京画家李苦禅说：他和潘天寿同在西湖艺专教书六七年，同一个宿舍，却从来没见过天寿临过什么人的画。但是他俩却爱欣赏石涛那些名句，什么“一扫古今为快”，什么“搜尽奇峰打草稿”，潘天寿学画的老师，主要就是这些名句。在展览会场中，我们看到满墙满壁那些淋漓之作，“一扫古今”这种气概，是当之无愧的。

画不要老实

画家的一位弟子，谈到老师平日做人作画的风格，他说：潘先生平日有两句话，很足以概括他的生平作风。他常说：“做人要老实，画画不要老实。”潘天寿平日十分谦虚朴素，不论对什么人从来没有疾言厉色，饮食生活，也十分淡泊。可是在绘画上，却是奇诡变化，英灵不穷，绝不愿作一笔平平板板、拾人余唾的作品。

潘天寿的画，在布局上非常讲究，他常常把画中的主要事物放在“险处”。例如以青蛙为主体的画面却把蛙画在画幅的边沿上，用一块大石头占满画的空间，而处处用线、形、色彩把观像吸引到边角的青蛙上面。这样，显得小事物的天地十分寥廓，整个画面虽然“险”，但更能引人入胜，使人佩服画家设想之奇，在奇中达到新鲜有力的效果。这种例子，在潘天寿的作品中，是经常可以看到的。

潘天寿作画，在用笔上显出他的功力。本来以书法入画是青藤、白阳以来我国文人画发展的道路之一。自赵㧑叔以篆隶入画、吴缶老以石鼓文入画，潘天寿那力透纸背的线条，又在赵、吴的篆刻金石一路，加以丰富变化的。他爱用焦墨双勾作写意花卉，用线锤炼苍劲，所以在放笔中感到紧严。他画荷花常用淡红染出花瓣后，再以朱红线在瓣上勾勒，却收到挺秀姿媚的效果，这个方法是前人所罕有的。

潘天寿在风格上的另一特点，是合山水花鸟画于一幅。这个方法也不是潘氏独创，早在王渊、吕纪等元明人花鸟中，有此风格。但潘天寿却一变王、吕的细笔为大写意，这样就使人感到面目一新，为花鸟画开创更广阔的天地。过去画家使用石青、头绿，是在工笔山水花鸟上的，潘天寿的写意花鸟画，却大胆使用浓重的青绿，这也是前无古人的创举。

潘天寿的画以奇胜、以险胜、以笔胜、以深到的金石功夫胜，这正是他自己说的“画不要老实”的具体实践。在艺术上如果保守呆滞，那就没有动人魅力，那就不足观也矣！他的画上面往往盖一个图章叫做“一味霸悍”，其实，“霸悍”二字可能是他不满已有成就的谦词，从气态上来看，他的画够得上霸悍，但是这个“霸悍”，内涵十分姿媚；所谓刚劲婀娜，这不是一般画家所能达到的境界。朋友们都说：看了潘天寿的画，总以为这个人一定跋扈飞扬不可一世，谁知见面之后，却是个恂恂讷讷、虚怀若谷的老实头儿呢！

寿乎寿乎

潘天寿不仅善画，在书法上也有湛深的功夫，对于书法，他是骨金籀篆无所不窥。经亨颐写得一手好爨（宝子、龙颜）书，潘天寿当初也是从“二爨”开始的。有一个时期更致力于龙门二十品，可是临写得差不多了，他又以十七帖来补救魏碑的板刻，如此反复，所以兼得凝厚灵活之妙。在明代书家中，他服膺黄道周，在展览会中有一幅立轴，味道更近于石斋。

潘天寿曾刊有《听天阁诗存》，现在是不容易看到了。他的诗早年从“二李”入手，转习韩杜，融以涪翁古拗意致，有时还从民谣山歌中汲取诗语。缶老赠他一对对联，下联是“巷语街谈总入诗”，这不是空话。他的一首《溪山古市》诗，诗境壮阔一如其画，是我所爱读的潘诗之一，诗云：

俯水昂山势绝群，谁曾于此驻千军？
万家楼阁参差起，半入晴空半入云。

当潘天寿还是个二十来岁的青年画士的时候，有一天，他拿着一幅自画的山水幛子去请教吴缶老。缶老一见大惊，认为像这样有才气的后辈是不可限量的，当下便援笔写了一首长诗，诗中说：

龙湫野瀑开荡云，石渠气脉通氤氲，

久久气与木石斗，无罣碍处生阿寿，

寿何状兮硕而长，年仅弱冠才斗量……

写到他的画，缶老说：

昨见画人画一山，铁船寒壑飞仙湍，直欲武家林畔筑一关，荷蒉沮溺相挤攀。相挤攀，靡不可，走入少室峰，蟾蜍太么么，遇着吴刚刚是我，我诗所论疑荒唐，读者试问倪吴黄。只恐荆棘丛中行太速，一跌须防坠深谷，寿乎寿乎愁尔独！

代有才人出

缶老在这位年轻人的作品中，联想至武梁祠画像的人物在活动，联想到月中伐桂的吴刚，并且担心这位画家天分过高，曲高和寡，太孤独了，不会得到人们的欣赏。可是，时移世变，不但吴昌硕、黄宾虹、齐白石等受到重视，潘天寿也就崛起在新的画坛之中，“江山代有才人出”，吴昌硕如活到今天，也将叹“寿乎”不“独”了。

在北京展览会场上举行了一次座谈，我国著名的考古学者唐兰先生，回忆起十多年前在昆明西南联大教书的时候，有一次潘天寿先生到他们校舍访友，大家晓得潘是一位画家，都围着请他画画，唐先生也分得了一张，那时他的印象是潘先生的画好是好，总有一点枯瘦味儿。不料事隔十几年，这次看到展出的作品却是波澜壮阔，色调鲜明，意气风发，生机蓬勃。那几幅丈二匹大纸上的近作，不管画的是老鹰或是松石，山水或是花鸟，都是精神抖擞，生气无穷。

大家都认为：潘天寿先生近十几年，特别是近几年的作品之所以好，正是由于一位有正义感的文人，在一个新的环境之中，自己耳闻目睹都是一片自强不息、欣欣向荣的景象，这种风气感染了画家，使他在笔墨上不得不变。有人说潘天寿的画可说真正够得上“下笔有金刚杵”，王石谷未必。这也许不是过甚其词。

潘天寿比起齐、黄，还是一位后生，但我们不难看到十年二十年后，潘天寿有无限深远的成就。此是后话，按下不表。

英也夺我心

——李苦禅小记

记得 50 年代初，在北京东单西观音寺开设有一家画店，我常常和李苦禅先生在那儿见面。那时我 40 岁，李苦禅先生（1899—1983）比我大 15 岁。

画店是许麟庐兄开设的，他是齐白石的弟子，李苦禅和他同门。画店那时规模不大，但经常有白石老人的精品出售。白石老人偶然也到店里坐坐（老人住西城跨车胡同，那时已九十余岁，难得到画店来一次），李苦禅则几乎每日下课后都在店里。我因为住得近，所以就经常见到他。后来画店公私合营。搬到王府井，改名和平画店，店面大得多了。那时因离我家远些，我去得少，就不大看到李苦禅了。

在画店，除了欣赏苦禅的作品之外，我最爱听他谈论书画。那时画店隔不远就是一家小酒店。麟庐打上几两白干，来几碟豆腐干、花生什么的，苦禅就打开话匣，从他老家山东人对郑板桥的传说谈起，谈到他在艺专学画的经过，然后又谈到齐白石的书画篆刻，谈到北京画坛的许多逸事，他总是滔滔不绝，一口山东话，言语生动，娓娓动听。

1949年以前，李苦禅在北京已经是颇有名气的画家，他虽然是齐白石的弟子，可是他的画不肯学白石老人的皮毛，他更接近于八大山人和清代扬州八家中的李方膺、高凤翰一路。白石老人对于这位弟子是十分器重的，他题李苦禅的画道："吾门下弟子不下百人，众皆学我手，英(苦禅原名李英)也夺我心。英也过予。"老人给李苦禅题册诗，有"论说新塘足起予，吾门中有李生殊"，"能将有法为无法，亦许龙门作替人"等句。记得有一天在画店，我正准备接白石老人到我家去，老人却坐在藤椅上面对着墙上李苦禅画的石上巨鹰目不转睛地端详了半天，还是不肯走。后来在我家坐下，别人谈了半天话，老人却一言不发，忽然，他对陪同来的女护士说：叫画店把苦禅那幅《大鹰》拿到我家里来，我还要看看。我当时说：您老人家觉得这幅鹰画得好吗？老人带着得意的神气说：他画的鹰就是比我好啊！我当时觉得这句话不但说明了苦禅的画好，还说明了老人的谦虚，正如韩愈所说的"弟子不必不如师，师不必贤于弟子"咧！

李苦禅出生于山东高唐县的一家贫苦农家，生就了我国农民所特有的质朴单纯性格。到了北京，因为上学没学费，曾经拉过洋车。在旧北京，拉洋车的生活，大家读过老舍的《骆驼祥子》都了解到其中苦况，李苦禅比祥子运气好，他还能够活下去。他在北京大学念过文学，也跟徐悲鸿学过素描，“民国”十二年拜齐白石为师，后来在杭州艺专以及北京的几家美术学校教画为生，1949 年以后一直在中央美术学院。李苦禅曾经因为工作不适合，给毛泽东写过一封信。毛泽东亲笔给美院院长徐悲鸿写了信，叫他调查一下，并解决这件事，徐悲鸿当即给李苦禅调动了工作。这件事当时在美术界传播开来，大家都说：这正是苦禅平日秉性憨直的表现。

李苦禅教书教了 50 年，大家都爱听他的课。他的弟子之一、电影名演员李景波，说起李老师教学生，不是把学生当学生看，而是当朋友看。课余拉着学生拉二胡吊嗓子，有时也请学生喝两盅。就在这些谈心交往中，学生真正能够学到绘画的理论和技法。直到“文化大革命”前，中央美术学院的学生谈起李老师上课，还是津津乐道。李老师在课室，一不站在讲台上，二没有讲义和教本，他只是在课室中任何一个学生的位子旁边一靠，就海阔天空地谈起来，八大山人怎么用水墨、黄宾虹怎么用焦墨……他又是一位卓越的书法家，有一个时期在美院教书法，边谈边拿着别人的纸墨表演起来，学生们都围着他听。苦禅爱唱京戏，为了把戏剧和书画做比喻，有时他还放开嗓子唱几句，学生在上课时都是乐滋滋的。

李苦禅是个真正的艺术家，他除了爱画如命之外，对于吹拍捧场、钻营名利这些事一概不懂。在林彪、“四人帮”时代，大家都被迫去看、去“讨论”样板戏，有不少无耻文人靠吹捧样板戏起家。在江青一伙大搞“批黑画”时期，偏巧李苦禅画了一幅大画《残荷图》，画的是连荷花带莲蓬一共八朵。那些善于深文周纳的“四人帮”爪牙，于是一口咬定李苦禅这幅画是“讽刺八个样板戏”，立即向李苦禅大兴问罪之师，气势汹汹地质问他为什么借画荷花攻击样板戏。李苦禅被问得莫名其妙，因为他实在不知道江青的样板戏有多少个，更谈不上借荷花来讽刺它。爪牙们见他不承认，就要他说出样板戏的名目，苦禅算了半天，只举出《红灯记》等三个。爪牙们大怒，提醒他说：《红色娘子军》呢？李苦禅说：那是舞蹈，哪里是戏哩！李苦禅目无样板戏这个“笑话”，当时就悄悄地传遍于文艺界。

我和李苦禅“隔别”了十多年——那时期，被认为是“牛鬼蛇神”的文艺界，谁能无故来往呀。那十年来，苦老在困难的环境中，闭门努力作画。以前被打为“黑画家”的苦老，这时却大受群众和当局的欢迎和关怀。几年来他作画很多，作品的气魄益发雄健，水墨淋漓，浑朴苍劲，他的卓越造诣，越来越为国内外爱好国画人士所推重。

后来在文艺界的集会中，我又经常见到苦老，我想起苦老以前喜欢唱武生，还能表演京剧武生出场时的“起霸”，我就问苦老，八十多岁了，还会“起霸”吗？苦老高兴地用他的山东话说：能！每天还打拳咧。他的儿子画家李燕在一旁，笑着给我看一张他打太极拳时朋友给他拍的照片。我说：苦老，您这真是老当益壮！

西子湖恋情

——记林风眠

记得1932年我流浪到上海，后一两年我有机会到杭州西湖，看到杭州艺专的青年学生在湖边校舍欢蹦乱跳地唱歌画画。对于这些泡在水光山色和艺术气氛中的青年人，我觉得他们太幸福了，简直是神仙生活！那时我才二十出头，由于爱好艺术，早就看到杭州艺专出版的《亚波罗》杂志，对于林风眠、李金发、蔡威廉等的言论风采，已十分倾倒。可惜挣扎了半年，终于不敢相信自己的艺术天才，而没有到西子湖畔去充神仙，无缘当上林风眠先生(1900—1991)的弟子。

赵无极、吴冠中、李可染、彦涵、谢景兰和著名女高音歌唱家张权等，这些曾经林先生哺育过的学生，都永远不忘这位老校长的风范，他们永远不忘在西湖、在抗日战争时期流徙中的湘西沅陵，林先生和他们一起画画、谈天的情景。我知道林先生早年的一点生活风貌，主要是从林先生这些“门弟子”得到印象。林先生为人和作画，都可以用“炉火纯青”这个词来形容，他的品质、性格和画风，是完全统一的，统一在美的境界中。我不甚了解林先生在北平艺专的情况，而我总是把西湖同林先生联系起来，把孤山的林和靖和林风眠先生联系起来。西湖给人的印象是青春的，林先生即使年逾九十，他的作品，无论是雅淡调子，还是浓艳调子，也都是青春的。他一辈子的创作，可以说是青春的颂歌，令人想起赵无极、张权、吴冠中他们在西子湖边欢蹦乱跳的青春生活。是不是杭州这一段时光，给林先生留下了一生印象呢？我不敢说，可是林先生的为人和创作，的确令人想起“水光潋滟晴方好，山色空濛雨亦奇”的西湖来。

和林先生认识不算太晚，是1945年在重庆吧。那时有一个“现代绘画联展”，参加者有林风眠、庞薰琹、倪贻德、赵无极、关良和郁风，除了林先生外，都是很熟的朋友，所以，便在会场上和林先生第一次晤面。50年代以后，马国亮兄住在上海南昌路，和林先生比邻。林先生那时已经不常见客了，国亮的电话约了之后，我们便得到同意去他家拜访。首先的印象，是被他的作品吸引住了，过去看林先生的画不算太多，这一次从墙上挂的和林先生拿出来的新作，使我大开眼界。那个阶段，林先生已经不太画青春少女，而是花卉、静物和风景居多。浓重的色调已经离开了马蒂斯那种轻盈雅淡风格，但是“淡妆浓抹”，总还离不开西子的本色，我们盘桓了一个下午，林先生向来不对客人介绍自己的作品，任由客人自己去品评，他在旁边听着，有时谦逊几句。他那天似乎很高兴，邀我们一起去附近洁而精饭店小吃，因为初来，就坚决辞谢了。那时我长住北京，上海和北京虽可通邮，但那时的风气，无事一般是极少来往的。其后我第二次去上海，在南昌路附近相遇，林先生还是那件宽阔的短大衣，和贝雷帽下亲切而自然的笑容。那时林先生的画册第一次在国内出版，他看见过我在报刊上写过的评介，又高兴地邀我和郁风到家里看画，那是1957年“反右派”运动前夕。他的画兴极高，马蒂斯情调的淡雅作品，又出现在他的笔端，我十分高兴地看到林先生“淡妆”的美之再现。在畅谈之际，林先生只是极简略地补上一句：现在画画很难，画只好在家里留给自己看。……

“右派”反过了，我从北方回到北京，工作也恢复了，但是深居简出。记不清楚是1964年还是1965年，林先生的作品在北京中央美术学院的美术馆展出，我高兴地去看了。在当时的画坛气氛里，林先生作品的展出，有如枯寂的密林，闷热无声，突然降下一阵大雨。那时美术学院的青年学生从来未见过有这种风格的绘画，有几个认得的，便问我林先生的画好在什么地方？我记得我只是简单地说：绘画的境界是无穷无尽的，对你们来说，林先生的好处，就是能够给你们打开绘画的新境界。我的答复，当时自问是谨慎而不敢逾限的。

“为什么你把林风眠的资产阶级颓废画风说是新的境界？你承不承认对青年一代放毒？”这是“文革”开始，美术学院的造反派公审牛鬼蛇神大会中，对区区我这个校外人的审问。我只好说：“我承认，不过……”，“不过什么？闭起你的臭嘴。”当然，我就遵命闭了“臭嘴”。

可是80年代以后，当林风眠先生去了香港，国内的美术风气也正在大变中，林风眠自己也想不到，他果然给今天的中国美术打开了新的境界。

十多年前的旧事，已经“事如春梦了无痕”，不提也罢了。

70年代末，正如吴冠中在纪念林先生的一篇文章中提到的，林先生获准离开上海定居香港以前，曾画过不少画送给朋友。我那时在北京，接到的也是一张芦苇、云天、雁阵。我们当时十分感谢林先生赠画的高谊，但却没有像吴冠中那样，想到孤雁离群，想到“万里高飞雁与鸿”的离愁别苦。现在，林先生终于没有重返他那多年蛰居的上海，没有再看一次那明媚如画的西子湖，以及他在1963年和傅雷谈话中念念不忘的、儿时所见“风景异常美”的广东梅县故乡。那只急飞的孤雁，今天已经永远离开我们了。

80年代以后，我常从北京来香港，那时差不多每次都去拜会林先生。1980年张仃兄在港开画展，我参加了林先生欢迎他的晚宴,以后多次,我曾同吴冠中、王朝闻等从大陆来的画家去拜望他。1990 年我和郁风从澳洲来,林先生兴致特别好,除了拿出他 1989 年 6 月创作的六幅组画《噩梦》给我们看,并听了我们胡说乱道的意见之后,还约了国亮、永玉兄两家人和我们夫妇到中区午饭,那天永玉讲了许多笑话,老人乐得笑逐颜开而散。万想不到这次见面,竟成永别了。

1991 年 6 月,我和郁风又到香港。知林先生从台湾归来后即患感冒,我们多次给林先生的义女冯叶女士打电话问病,最后,老人让冯叶女士转告,他已略见痊可,如果愿意去看他,表示欢迎。我们考虑再三,还是怕他谈话劳累,终不愿意打扰他老人家,这一次见面的机会失去,实在是莫大遗憾!人的生老病死,对于达观的中国人,是看得较平凡的、按照自然规律运作的一回事。至于林先生,我想到他画的那幅《急飞孤雁》,那时的情绪是凄惶的,但是他终于找到暂时的栖息之地,能让他在晚年有一段安静的香港太古城生活。现在,他已经"飘然乘风来帝旁",以后,林先生留下的艺术生命,就交给历史来作证,他可以说没有什么遗憾了。

现在一些欧美的美术史家,已开始把中国美术史研究的注意力,从古代的宋元诸家,石涛、八大,转移到现代画家的研究方面,很多人提出现代中国艺术家,如何从传统的中国画逐渐同西方绘画结合的问题。林风眠先生是留法画家,他早年画过中国画,他在法国时,受到国立第戎美术学院院长耶希斯的启发，抛弃了自然主义的西方框格，注意从东方艺术遗产中吸收大量的营养。他毕生以“如何去发展中国传统和吸取外来的精华，创造出时代的作品”作为追求目的。他自由地把中国绘画传统中的散点透视、墨和笔触的丰富表达力等和西方绘画中的色彩和光感、画面的层次细致等等巧妙结合在一起，再加以他喜欢的青春、轻盈的美感，便形成了他自己的创作风格。西方的油画创作，多数是方形横幅，是为了适合西方建筑的室内装饰。中国古代的室内建筑，多数是高墙敞轩，则适宜于悬挂方形长幅。作为现代人的林风眠，他喜欢正方形的画面，这正是为了适应时代变迁而产生的新的需要所形成的风格。

有人指出林风眠色彩层次的丰富，是他的作品成功的主要因素。的确，他喜欢用的紫色调、蓝绿色调都不是平板的涂抹，而是具有十分细致的变化。色彩上浓、淡、轻重的变化，是水彩画和油画最刻意的追求，而林先生轻淡的笔调中，却蕴涵着十分丰富的色阶，即使一幅白荷，每瓣荷花的白色，也有十分复杂的色、光层次，而不是简单的纯白。这一点在研究林先生如何突破传统中国绘画的各方面中，是特别值得我们注意的。

奇怪的是，林先生的作品，没有什么中国传统绘画中最讲究的线描，在他的画面上，看不出什么“兰叶描”、“铁线描”、“高古游丝描”等名色，他的人物、风景，也打破了只勾墨线的框框。

按照他的风格需要，有时是深底色勾白线，有时屋宇、树林勾上蓝或深紫的线；画人体，在肉色上钩上浅褐色线等等，彻底打破了中国传统绘画中，以墨线的勾勒为主的框廓。

林先生在宣纸、水墨的传统中，很早就有了上面举例的新的尝试，这一点，和许多主张中西绘画结合的老一辈画家，有显著的不同，原因在于林先生既能摆脱西方绘画的自然主义和焦点透视等规律，又能放弃中国绘画的许多旧模式。

林先生的绘画，是春山下的一片清漪，是幽斋中的数声琴韵，是寂谷中的几声啼鸟，是小夜曲，是轻音乐，是寂寞，是空灵，是梨花下的几滴细雨、几片落花，是少女的轻歌曼舞。这是他所追求的美的世界，但是这些外在表现中却包含着林先生的一颗火热的爱美、爱艺术、爱人类之心。这位穷乡石匠的孙子，早年生长在这块土地上，永远不忘记祖国大自然的可爱，也永远不忘记一个世纪来这里的人民的灾难。1926 年，林先生在北京，就创作了一幅劳苦人民心情的油画《民间》，表现 20 年代中国老百姓的疾苦和落后。1989 年，林先生的六幅组画《噩梦》更是掬着酸心去刻画这个时代悲剧的杰构。想起林先生最后拿来给我看的作品竟是这组组画，就更了解一个艺术家的爱心和天良是重于一切的！

山高水长

——叶浅予三题

打开回忆之窗

回想二十来岁的往事，总不免有点吃酸梅的味道——甜里带酸，酸里带甜。

1931年初，我正在香港念英文，由于受到“一·二八”淞沪抗日战争的激发，也就顾不得我爸爸大发雷霆和哥哥焦急万状，我利用那年春节放假，偷偷地离开家里溜到上海。从此，我就逐渐和上海的漫画家们厮混起来。这批人“阴魂不散”，到老还是像小猫那样偎依在一窝之中。张光宇是1965年病逝的。老弟张正宇——自称要活到100岁，终于也在1976年以

73岁的芳龄和我们告别了。浅予、少飞、乐平、胡考、陆志痒、特伟、丁聪、华君武、张仃……这些当年的薛丁山、杨宗保，现在也都是挂起白胡子唱老生的角色了。

算起来我们大约都有将近五十年的交往，像蚂蚁那样，我们也都大同小异地沿着一根线在走着我们的人生历程，只是有的“蚁们”爱在半路上拐几个弯，有的凭着它那敏锐的触须，较快地走到前列去。而叶浅予(1907—1995)，则一向被认为是我们的“老大哥”的。抗战时期在重庆，50年代初在北京，特伟眯着一丝小眼，俏皮地提起“龙头”，我就知道他说的是浅予。

这位老大哥名不虚传。我还记得20年代末，那时浅予和鲁少飞、张光宇在上海出版了一份单张画报型的《上海漫画》，这份刊物在香港出售，至少对我是着了迷那样爱读的。四版彩色石印漫画，四版单色图文，叶浅予的长篇连续漫画《王先生》每期都占一版彩色地位。那时我十六七岁，还在中学里念书，商务印书馆香港分馆举办了一个香港学生图画成绩展览会，我画了一幅模仿比亚兹莱的黑白画《魔》(别提画得多么蠢劣了，现在想起来身上还起鸡皮疙瘩)，记得我的忘年交黄般若(不幸在我写此文时，这位天资横溢的香港老画家，已经入土多年，再也见不到他了)给我拍了一张照片，我就鼓着勇气把它寄给《上海漫画》。不久，我意外地接到一封上海来信，打开一看是叶浅予亲笔写的，告诉我画已发表，还鼓励了我一番。请想想，一个远地的中学生居然接到一位大画家(在我看来，叶浅予当时是顶大顶大的画家了，他能画出同美国《大力水手》、《菲力猫》那样的连载漫画，这多么了不起呀）的鼓励信，你能说出他的心情是如何激动吗？

淞沪抗日战争似乎是草草了事的，我于是待在上海。1934年以后，我和浅予便常在一起，后来我同陆志痒还跟着他到过南京，过了半年所谓的"波希米亚"（Bohemia）生活。浅予那时就已经养成一个习惯，速写本子不离身，路上、屋里、咖啡店、公园、饭馆、夫子庙、中山陵……只要有两手空着的时候，他都掏出白纸本和5B铅笔，留下他生活的痕迹。这个习惯坚持了四五十年，1966年前，他的速写本堆得像小丘那么高了。然后到1976年以前，这十年间，他被四个人那一帮"冷藏"起来，没有去填速写本上那些空白。后来，他"冬眠"过后，又迅速地拿起铅笔和本子了。

1936年春，我从南京回到上海，当了个小官，他还在南京画他的《小陈留京外史》、《王先生新集》。1936年第一次全国漫画展览会在上海大新公司展出，他到上海来。并且带着这个展览和一批漫画家到苏州去展出。记得我们还到过网师园去吃了张大千先生一顿丰富午餐，看过张善子在花园假山洞中养的一只小虎，我们才回到上海去。

《王先生》是叶浅予1927年到1937年这个长时期的创作，像人们爱说的那句话，这已经是"古时候的事"了。但是，60岁以上的读者都还记得，《王先生》在当时上海、南京的报刊上发表，曾经轰动一时，还拍过电影，演过滑稽戏。这位子虚乌有的“王先生”成为当时妇孺皆知的社会名流。漫画以王先生及其朋友小陈这两个市民阶层的人物为主角，通过这两个小人物及其家属的一举一动，暴露了半封建半殖民地社会的面貌。正因为作者从实际生活中吸取题材而加以夸张或漫画化，因此使得多数市民阶层的读者对它感到亲切。通过王先生和小陈，使得有些自以为“庄严伟大”的人物突然瞧见自己只是一个滑稽丑角。有些生活在“自己的真理”中悠然自得的人物，突然发现这个“真理”原来只是一块遮不住屁股的破布。《王先生》虽然刻画了几个小人物的滑稽可怜之状，但是大家都知道，使人变为鬼并不是他们自己的本愿，而是别有原因。正因为如此，这一长篇连续漫画能够持续十年之久，始终叫读者津津有味地看下去。

“八一三”的炮火跟着摧毁了租界时期上海的旧秩序，“王先生”这个和上海畸形社会分不开的人物，失去了生存依据，也就只能和广大读者告别。从此，叶浅予也就永远和他的“王先生”告别了。在重庆，有一次我们的漫画伙伴谈起《王先生》，有人幽默地发表意见，说将来回到上海，就由叶浅予在外滩公园给王先生立一块墓碑，说明此人是被日寇炮火埋葬在上海，与他的朋友小陈等，全都同归于尽的。

叶浅予自己大约从来没有想过给在抗战中“殉难”的王先生立碑的事，但是“王先生”的时代确实从此宣告结束。虽然它作为历史，作为当时社会的影子，还是长留在人们心目之中。将来一定有有心人，出版一本《王先生漫画集》，这将会像唐宋诗人的《金陵怀古》、《赤壁史》之类的作品，永供后人咏叹的。

“八一三”事变，我那时在广州。知道叶浅予组织了全国文艺界抗敌协会的漫画宣传队，同胡考、张仃、张乐平、陆志痒等沿着长江各个码头进行抗日宣传，最后到了武汉。这个漫画宣传队后来属于政治部第三厅领导，其后乐平带了一部分人到上饶，特伟和黄茅等则到了重庆，浅予到香港负责主编《今日中国》这本宣传抗战的画报，直到 1941 年冬香港沦陷。

浅予是一个外表豪放而内心谨严的人。1934 年夏天，我跟着他到过浙江桐庐县城他的老家，叶老伯伯（我最深刻的印象是他老人家那雪白的长胡子和满头白发，这是我生平见过最漂亮的老头之一。浅予虽然很像他父亲，可是他的头发和胡子却还没那么白得可爱）的房子是相当大的，记得要经过一个堆满箩筐磨砻和锄锹的大厅进入天井，才到起居室和饭厅，但是已经相当破旧了。正是由于并不富裕的家境，浅予没有受到高深的教育，他从未进过美术学校，虽然对于中学时代发现他的绘画天才的楼老师，他是经常想念起的，可是他后来却跑到福建一所大学当了半年旁听生，读了一阵子书。后来浅予跑到上海，在当时以“自由布”出名的三友实业社站柜台当过售货员，兼画广告画。记得张光宇说过，他们开始结为朋友，是浅予向光宇、正宇合办的《三日画报》投稿这一段因缘，那时浅予还是一个见了陌生人就带着羞涩表情的小伙子。此后，他和鲁少飞、黄文农、张光宇，还有我们那位被上海小报界称为“小无锡”的张正宇，就志同道合地办起《上海漫画》，以后他们又加入时代图书公司，由浅予主编《时代》画报半月刊。《时代》当时是以内容丰富、编排美观著称的，这份画报曾经畅销一时。日寇压境，战争前夕的不景气，使得全国经济萧条，出版事业也不例外。浅予终于离开了时代图书公司。

抗日战争，真像一场狂风暴雨，把不可一世的日本军阀冲下大海，把繁华都市里的男女老少冲进穷乡僻壤，让他们见见世面。它的延续，是那些军阀官僚、洋奴买办、鸦片妓女，一时冲出了大陆的战争是坏事，但也是好事。我们这许多人都受过抗日战争的教育，是战争让我们睁大眼睛，认识人生的伟大意义的。这个时期叶浅予画过许多街头展览的大幅布画，配合演剧队的宣传画。他有慷慨激昂的时候，也有苦闷无聊的时候，他到底是个知识分子。

抗战中期，浅予到了重庆。重庆这个地方多雾，人们往往在模糊的道路上走着，谁也看不清谁的面目。可是老伙伴们在一起，还是肝胆相照，除了泡茶馆、躲防空洞之外，还凭着信任和热情，共同去进行大家认为该做的事。当时的战时首都连制版都很困难，漫画这门艺术在报刊上得不到用武之地，可偏偏有人不甘寂寞，用展览的方式把漫画作品向观众介绍。

1940年,叶浅予在重庆展出了《战时重庆》组画。1942年,他从香港逃难到重庆,又展出了《香港的受难》组画。作为艺术家的叶浅予,他按照历史的节拍来安排他的创作生命,他如实地反映这个遭难的国家日常的不平凡生活,屠杀、反抗、轰炸、逃难……大多数的民族庄严与一小撮的荒淫无耻。

在这一时期,浅予是把漫画和速写结合起来的,他的许多作品,都是他的速写画页的加工,只是稍微把它夸张一下就够了。在技法上,浅予也出现了一个飞跃,这一时期,叶浅予开始吸收传统的中国画技法。在成都住张大千家,受到大千作中国画的启发,从此开始了他的中国画创作。叶浅予说:"我之从漫画转向国画,也是在张大千作品的引导之下成熟起来的。"开始吸收传统的中国画技法。他同戴爱莲结合,到过印度,又到西藏旅行,在大后方的少数民族地区采风问俗。他开始创作以舞蹈为题材的画,这些画多数是用国画技法表现的。到了1947年,叶浅予从美国回来,应徐悲鸿先生之邀担任北平艺专的速写和中国画教师——由漫画到中国画,浅予的风格正是从这个时期开始转变的。1982年时,叶浅予是中国美术家协会副主席,但他还是中央美术学院的中国画系主任,这老头只要健康状况容许,总是全心全意地指导工作和亲自讲课。

数十年前,叶浅予曾是一位画家、画报编辑,并且创作过大量的漫画作品这一点,恐怕除了几个老头,知道的人就不多了。

抗战期间在重庆，浅予和张光宇、廖冰兄等住在北温泉一带。他们都没有什么长期固定的工作，他们自然属于天生不会发国难财的一种人，吃了上一顿没了下一顿，生活有时相当艰苦。胜利以后，浅予曾应邀到美国去旅行，1948 年在北平《新民报》发表了一组连载漫画《天堂记》，对美国生活方式稍稍加以讽刺，这可能是他最后的一组连载漫画了。

1948 年冬，张光宇、丁聪、特伟这几位无可奈何地被“放”到香港的流浪汉，办了一本《漫画时代》。远在北平的叶浅予还用笔名画了一幅漫画，遥远地寄到香港发表，画的内容是即将黎明的时刻，北平学生从《水浒传》中受启发，卷着铺盖准备“上梁山”的。我那时候在南京，他来信说：“我们家已经腌好了腊肉，准备在这里迎接新年了。”

50 年代以后的叶浅予，除了进行国画创作外，还发表过大量的速写，其中由于出版物的需要，以舞蹈和旅行速写为多。但是我说过，速写本是浅予朝夕不离的伴侣，他到哪里就画到哪里。“万板楼主”王青芳，这位在过去社会潦倒了大半生的版画家，刚刚得到安定不久就死去了，浅予给他留下了张画像。老舍先生请他到家里做客，浅予也忙个不停地给他画几张生活速写。浅予说：速写本就是画家的笔记本，他为画家准备了创作素材；其次，它本身又是一种绘画艺术，它的任务是捉住描写对象的一刹那，它必须练出心灵手快的本领；第三，速写是线条的艺术，对于线条技巧的锻炼，画速写是最好的方法之一。浅予后期的速写,达到了高度的艺术境界,1960年画的毛笔速写《文成公主》中的松赞干布,用笔的扼要简练、笔触的矫健活泼、掌握造型的深度,都使人叹服。浅予的中国画大都以舞蹈为题材,而这些舞蹈则多数是根据速写的再加工,可以说,他的中国画创作是植根于速写的。30年来,叶浅予的国画教学,也提倡一面钻研国画传统技法,一面从生活速写下功夫。

作为版画(Graphic)艺术家的叶浅予,他还从事插图的创作。1957年,他为茅盾的《子夜》画过插图,1978年《子夜》再版的时候,他又补绘了几幅。由于作者经历过《子夜》的时代,接触过那时的各种人物,因此,他对于书中故事情节领会深刻;加上他非凡的线条功夫和表现能力,《子夜》的插图在中国插图史上,也是值得大书特书的。

叶浅予的家乡富春江一带非常美丽,桐庐就在它的上游,再过去二十里就是严子陵的钓台了。那年我同浅予、陆志痒从桐庐坐小船到过那个地方,水天如梦,确实迷人。但是不知是否受了郁达夫《钓台的春昼》那篇名作的影响,总觉得这些地方不免有点颓废荒凉。印象至今未忘的只是小渔船钓上来的鲜鱼放在锅里,旁边伴着面条,就在锅中边煮边吃,其味之美,远胜我所尝过的山珍海味。至今已过了四十多年,还深深印在记忆之中。前年我到杭州,浅予正住在钓台附近七里泷水电站新建的招待所,创作他的《富春山居新图》。我本还想再到那边去看看，凑巧由于别的原因没有去成，但从郁风后来带回来的速写本中，看出由于水利的开发，这水光山色之乡已披上了新装，一扫过去那种荒寂之感了。尽管在向前发展过程中总是走“之”字路，但发展是事物的规律。浅予已经走过了50年的创作历程，60年代中叶以后，他同自己国家的命运一样，经历了些坎坷，但是10年风雨，使他锻炼得更加坚实，艺术创作更加旺盛。去年秋冬，他住过几个月协和医院，但在叶夫人、我们的王人美女士（我们有时叫她“娘娘”）的悉心照顾下，他的健康日见康复。倒霉的日子让它像轻烟那样逝去吧，我们又把眼光瞩目于梦寐中的未来了。

青松挺洁

为应国内外报刊的要求，我写过不少关于叶浅予的评介文章，1981年时，《美术之友》又把这个任务交给我，实在感到被动，因为写得太多了。尽管我和浅予在当时结识已经将近五十年，不但在年龄上，并且在做人和艺术成就上，他都是我的老大哥。从我这个角度来看这位老人，有不少值得记下来的东西，虽然在艺术见解和艺术教育成就方面，他的许多学生会比我了解得更多。

从30年代初我到上海认识叶浅予以来，我对他印象最深的是“待人以诚”。不论是对朋友，对学生（他在中央美术学院任国画系主任三十多年），总是胸怀坦荡，知无不言。他是一位艺术家，他不善于像政客那样耍手段、玩花招、弄虚假、小动作这一套。在旧社会里，他上过别人许多当，但他从不给别人当上。近来中国画外销，“公私两利”，有些画家却并不热衷于私利，浅予是其中之一。他不满意好的中国画都“外销”了，他曾建议有些画店设内、外销两个市场，而以内销为主。因为好画都“出国”了，以后研究中国画的人就需到外国去，而且不利于现代画家的艺术交流和改变社会上无偿“求画”、使画家应接不暇的风气。

中央美术学院在十年浩劫中受到林、江一伙的摧残，学校已经不像样子。叶浅予个人这十年的遭遇更不必提，把他存放在铁窗里头度过了七八年。初被释放时，学校给他一份出入证，职务栏填的是“本校杂工”。老头乐呵呵地说：“这回可算获得‘工人阶级’的荣衔了。”但1976年深秋之后，叶浅予一心关怀的不是别的，而是怎么去把国画系整顿好。记得1977年他病后从医院出来，就全副精神扑到美院的工作中去. 当我去探望他的时候，感觉到他的心情，完全可以用唐刘禹锡那首著名的七绝来表达：

马思边草拳毛动，雕盼青云睡眼开；

天地肃清堪四望，为君扶病上高台。

可惜我们亲切的老朋友，当代著名的书法家张正宇已经逝世了，不然真想请他写成条幅送给浅予。

那时我知道这位年逾七十的老头，还经常上美院去亲自领导系里的工作。他亲自指导国画系的研究生，十分关心这第二代的成长。后来，报上发表了叶浅予把学院发还给他的三万元，捐赠给国画系作为奖学金这件事。我觉得这正好说明叶浅予的为人风格。

三十多年来，叶浅予的弟子遍天下，他们都津津乐道老师那“诲人不倦”的态度。他对学生要求严格，也是大家熟知的，然而他的学生在背后议论，都感到叶先生可亲可敬。叶浅予平日主张既要继承传统技法，更需从传统中突破，创造出具有时代精神和个人特点的中国画。他鼓励青年画家多作速写和写生，更鼓励青年画家从传统画论——例如“以形写神”、“不似之似”、“迁想妙得”、“以大观小”等理论观点中，去探讨中国画的创作方法。叶浅予本人是一个刻苦好学的艺术家，他在最近发表的一篇文章中提到1979年夏天动了结肠肿瘤手术(这是他1977年心脏病之后的又一次重病)后，到1981年春以来，住院三次，他利用住院的机会来读书写笔记。他书读得很多，古代画论、美术史、新出版的美学理论以及当前许多美术杂志，他都充分利用时间阅读。像这样一位年已74岁并且名满中外的画家，为什么还孜孜不倦地“学到老”，难道不值得我们深思吗？

1977年以后，叶浅予始终不断地挥笔作画。起初他每年回到家乡浙江桐庐一次，为的是写一幅以富春江一带为题材的山水长卷《富春山居新图》，这幅作品于1980年完成。他以充满激情的笔调把他从小生长的富春江那春夏秋冬、阴晴雨雪绘于一幅，这种浪漫主义的手法，是他充分利用中国画的特点和长卷的形式的可喜尝试。元代大画家黄子久的《富春山居图》是数百年备受推崇的山水杰作，叶浅予故意用“新”字，正好说明黄子久的时代到底过去了，富春江呈现新貌，山水画艺术也自然呈现新貌。那时他还是“心有余悸”，觉得画山水比画人物“保险”些，然而艺术到底是画家接触到的现实通过思维的产物。富春江的阴晴雨雪、春夏秋冬，何曾不是人类生活的阴晴雨雪的反映，画家的心情在冬去春来的反映呢？但后来，在思想的精神鼓舞下，他又从事人物画的创作了。他在1981年发表的那篇文章《师古人之心》中，谈到他自己1978年在中国画创作组展览会上的《舞红绸》与《荷花舞》的创作经过和感情。《舞红绸》是50至60年代叶浅予常画的舞蹈画题材，但是“这次画，因为经过十年浩劫的创伤，有第二次解放的切身感慨，气壮意豪，特别带劲”。他在北海公园对荷花写生，偶然从广播中听到我国艺术团正在纽约上演《荷花舞》这个节目。《荷花舞》也是叶浅予常画的舞蹈题材，但十年浩劫，舞蹈和绘画都同样被践踏得一塌糊涂，谁能料想到《荷花舞》又会在国际艺坛中放出光彩呢？由于思想上产生了这种激情，他这次的作品就和以前的迥然不同：“这个题材”以前画过多次，都是从舞台形象得到启发，转而想象荷池的幻景。1978年这幅，由荷池联想到舞台，又由舞台回到荷池，构思过程有所不同。不同的感情，触发起不同的构思，叶浅予引用了晋朝顾恺之的话，叫做“迁想妙得”。

既然“迁想妙得”发自艺术家的感情（或者叫激情），那么从叶浅予近年这几幅作品中，不论是描写自己最亲切的富春江山水也好，再次表现50年代初期令人奋发的《舞红绸》也好，从广播中听到《荷花舞》在太平洋彼岸演出而重画《荷花舞》也好，也都是一个生活在此时此地，经历了迂回曲折，而仍然坚信自己国家民族有一个美好希望的艺术家的真挚感情——一句话，对自己祖国的山川文物和社会前景的无可形容的爱！

叶浅予1980年到过一次西安，从半坡原始社会遗址、秦始皇兵马俑、大唐贞观和开元的恢宏文化到马嵬坡的故事……都引起他许多浮想。最近，他在甘雨新居画室中打开了四幅大画稿给我看，正是他经过一年的酝酿，消化了古城长安这些象征着祖国悠久历史的印象后创作出来的一组“狂想曲”乐章。

一年多以来，叶浅予除了到中央美术学院主持教务之外，多数住在西郊藻鉴堂。这三面环湖的小山，环境安静，足以避开了喧嚣的长安车马——即不必要的应接往来，对于这位把心交给了艺术并且主动地企图为后来人留下些宝贵经验的老人，这是较适宜的场合。

叶浅予常常表示：人越老就越想多做点什么。我不知道年轻朋友是否能体会他这句话，但我自己却经常了解他这种心情。他现在很健康，我们都由衷地祝他长寿。

30 年代，叶浅予是著名的漫画家和速写画家，40 年代他开始从事中国画的创作，以后就长期进行教学和创作工作。在他身上，总是主动地肩负着一个庄严的使命，这就是为艺术，为自己民族文化的继往开来。近三十多年，他愉快地工作过，虽然上面也说过，在刮逆风那个年头，他同样在雨雪中。

陈毅写的那首著名的松树诗，象征着我们民族的性格，同时也使我自然而然地想到叶浅予。

大雪压青松，青松挺且直；

要知松高洁，待到雪化时！

善舞

舞蹈是通过人体的动作姿态表达人类在各种生活中的思想感情的一种艺术，由于这种姿态是人类最美的姿态，因此，画家都爱采为题材。五代顾闳中的《韩熙载夜宴图》，20 世纪初法国德加(Degas)的各种舞蹈绘画，都是脍炙人口的艺术珍品。但是德加只是从舞台前后的角度描写芭蕾舞；《夜宴图》也只是从韩熙载家伎的《六么舞》留下了我国古代舞的一个场面。叶浅予的舞蹈作品，则是题材广泛，形象多样，从边疆的土风舞到我国民族舞蹈——《荷花舞》、《采茶扑蝶》，从印度的《婆罗多舞》到罗马尼亚的民族乐舞，都收入他的笔底，像这样取材丰富的舞蹈画家，是很少见的。

叶浅予从事国画创作，是抗战中期在四川的时候，那时他住在重庆北温泉，他第一次把他的舞蹈速写稿加工整理，绘在四川皮纸上。我记得大约在1944年他在重庆中苏友好协会举办的个人展览会上，有一幅《印度献花舞》，当时就受到观众的热烈称赞。叶浅予国画的开始，也就是他以舞蹈为题材的创作的开始。

浅予的舞蹈作品之所以具有艺术感染力，首先是他熟悉舞蹈，有一个舞蹈的环境，曾和他长期在一起的戴爱莲女士，是最早把英国芭蕾舞带进中国的著名舞蹈家，这是大家都知道的。由于长期生活于自己所要表现的题材中，也就是深入自己所要表现的生活中，因而能够入木三分地刻画、表达这种生活。这是任何艺术家都必须具备的条件。老舍如果不是从小在北京的大杂院生活过，他就无法写出《骆驼祥子》和《龙须沟》。同样，鲁迅如果不熟悉他的故乡绍兴的生活，他绝对写不出《阿Q正传》和《祝福》。叶浅予的舞蹈作品也不例外。

其次，浅予是我国著名的速写画家。几十年来，他孜孜不倦地从事于各种人物、风景、静物的速写。速写是用最快速简练的线条去捕捉客观事物的主要形象和动态。速写不但锻炼画家的手，更重要的是锻炼画家的眼力和头脑。眼、脑、手的敏锐观察和准确用笔，产生了简洁美妙的艺术语言，这在中国画主要是线，其次是构图和色彩。叶浅予的舞蹈作品，主要得力于他的速写功夫，浅予从数以万计的速写习作中，打下了国画创作的基础。他是速写画得最勤奋的画家之一，速写本始终不离身，他只要遇到舞蹈演出就去看，每次看舞蹈都手不停挥地画速写。要问浅予舞蹈作品成功的秘诀，我想，对于描写对象的熟悉和速写功夫的深刻，这都是主要的。

当然，由铅笔速写稿到一幅国画舞蹈创作，还需要很精细的加工，这其间国画特有的笔墨技法的锻炼修养，也是重要的。大家知道，叶浅予早年是著名的漫画家，他在40年代才开始国画创作。他初期的国画用笔细致，色彩明快，令人有飘逸明秀的感受。50年代初，他对于宋画的工笔重彩感兴趣，风格有所转变，《中华民族大团结》是这个时期的作品。后来浅予更加熟练地掌握了国画毛笔和宣纸的特性，1961年所作的《印度献花舞》、《夏河装》，就逐渐趋向豪放和爽朗。如果说，60年代以前叶浅予的国画线条是接近于“游丝描”或“铁线描”，那么，60年代初起，就更多地运用顿错自如的“钉头鼠尾描”。在用墨方面，他更发挥了“水晕墨章”的特点，即使在印刷品上，也看得出茸茸的水分以及层次鲜明的墨色。这种风格，到了近两年来，就更加老练了。

叶浅予的舞蹈作品，喜欢用比较单纯的色彩，墨色之外，洋红、花青、石绿、佛蓝、粉红是他爱用的色彩，这些色彩，几乎都是用来和墨做对比的。浅予的用色，主要是为了显出墨的光彩，色的作用只是用来烘托墨。这本来是明代的徐青藤、陈白阳，清代的“扬州八家”以至赵（之谦）、吴（昌硕）、齐（白石）等花鸟画家的传统方法，浅予只不过是第一个把这种风格运用到人物画的创作中去罢了。

浅予的用墨十分讲究，他把墨的焦、干、浓、淡、浅（传统的说法叫做“墨分五色”）发挥得淋漓尽致，这也是他近二十年来从齐白石、黄宾虹等花鸟、山水画的方法借鉴到人物画中来的技法。本来传统的中国人物画中，从宋代的梁楷、石恪的“大写意”开始，就很注意水墨的运用。一直到明代的吴小仙、张平山一派，也是讲究笔墨的，这一流派的人物画，到了清代就衰落了。任伯年是清末大家，山水、花鸟、人物都擅长。在人物画上，他也同样兼善工笔重彩和写意笔法，但他更着重于线条的韵律而不太注意墨的色泽。浅予吸收了近代诸家之长，巧妙地运用到人物舞蹈画方面去。在传统国画中，遵循着继承、扬弃和发展的原则，这就是浅予的道路。

《印度献花舞》中舞女的头发，《西藏高原之舞》和《夏河装》都是浅予在用墨方面的技法表现。

浅予的人物画接近于任伯年但又不同于任伯年。任伯年还离不开陈老莲的人物造型，偏于古拙。他的线条波折流丽，适宜于表现宽袍大袖的古人。浅予的画，则是描写现代人，现代的舞蹈艺术。如果表现现代舞蹈演员，却袭用了任伯年的古拙形貌，那就格格不入了。这就是说，浅予对于传统技法，不是盲目继承，而是有选择、有目的地去借镜的，是“古为今用”的。

浅予十分留意于古代绘画著述的研究，康有为是较早地提出中国绘画要发展，应当吸取欧洲绘画的某些长处这个主张的，叶浅予认为这个主张在当时是进步的，他对于康有为的《万木草堂藏画目·序》，予以好评。浅予留心我国古代“传神”（肖像画）技法，他认真研究了清代丁皋的《传真心领》和蒋骥的《传神秘要》等不大被人注意的关于肖像画传统技法的著述，从那里得到古代画人物肖像的心得经验。清沈宗骞的《芥舟学画编》、迮朗的《绘事雕虫》等，他也认真地研读。浅予对于我国传统绘画理论的钻研，使他的创作得到丰富的养料，他自己收藏任伯年等及当代画家的原作，目的也是为了借镜。

绘画是客观外界事物通过画家的头脑再创造出来的艺术作品，绘画反映人类社会生活，应当比普通的实际生活更高、更强烈、更有集中性、更典型、更理想。西藏人民把他们的生活编成舞蹈，叶浅予在这个舞蹈中选取最动人的场面，通过笔触、构图、色彩，把西藏少数民族的舞蹈，经过艺术的再加工，这就给我们留下了这个民族健康、朴素的生活形象。《西藏高原之舞》调子明快，构图简洁而有变化，线条生动灵活，舞蹈人羊皮衣的灰色，用皴染表现出衣服的质感和体积感，这些都使观众感到比客观现实生活更真实、更美和更能感动人。

舞蹈的姿态，变化快速，要捕捉住这最美的一刹那，是不容易的。不但要心灵手巧和熟练的速写基础，而且还需要对于舞蹈有较好的理解力。有了对舞蹈的理解，你才能抓住最关键的一瞬间。但这还不够，还必须通过自己的大脑去进行去粗取精、由表及里的抉择。我们并不提倡，但也不反对有人画舞蹈速写有时参考一些照片，但照片毕竟不能代替绘画。绘画可以由头脑加工，可以把作者的感情寄于画幅，可以有适当的夸张而使舞蹈的姿态更美妙动人。《婆罗多舞》夸张了右臂的长度，这不但不影响人体的比例，相反的，正是由于这点夸张，才能使手、足和眼的联系，更加真切和恰当。

中华民族的传统绘画，有无限的发展前途。50 年代以后，山水花鸟画有很多杰出的作家，他们有崭新的面貌和鲜明的时代精神。人物画方面，从徐悲鸿开始，就尝试着以中国传统的技法和工具，表现现代人物和现代生活。叶浅予是进行这种尝试的老画家之一，他的舞蹈作品是被公认为成功的。但正如张仃兄 1963 年读了浅予的人物画后写的：叶浅予的各种尝试(包括他 1951 年作的工笔重彩画《中华民族大团结》)“在当时，对于国画的推陈出新，有它的重要意义”。浅予的舞蹈作品，只是他的成就的一个方面，他不仅表现“长袖善舞”，并且也通过国画笔墨表现穿短衣背心——劳动人民的形象。这就是叶浅予在我国国画革新方面的贡献。

法由我变·艺为人生

——记吴作人

记得1935年冬，我从上海到南京拜访徐悲鸿先生，徐先生当时热情地给我介绍去看吴作人先生(1908—1997)，这是我第一次和吴先生认识的经过。详细点说：我那时受上海大众出版社总编辑梁得所之命，打算出一套当代画家小丛书，到南京是去组稿的，我那时23岁，是大众出版社的编辑。吴作人比我大五六岁，他20岁就加入田汉先生领导的南国社的文艺活动。1935年他还不到30岁，已经留欧归来，在中央大学艺术系任教了。那时的青年人参加社会工作是比较早的。

我是较早地看到吴作人的油画作品的。对油画我是个大外行，只知道作人在比利时(他初到欧洲是去巴黎，后来因为比利时学费和生活条件比巴黎低，这个穷学生就到比利时学画了）是从皇家美术学院的巴思天教授学画的，我感觉到他的作品色彩沉着深厚，有一种引人深思的诱惑力。他那扎实的风格，说明了他的个性和功力。那时我并不知道这是受北欧弗拉芒油画传统的影响，只知道这种功力是了不起的。印象较深是在重庆的后期，他的风格又发生了突变，爱用油画中最难用的“灰调子”。说难用，是因为所谓“灰调子”，绝非黑里加白、概念的“灰”色，而是浓淡层次，千变万化，给人韵味无穷。无以名之，在油画用色的术语中名之曰“灰调子”，也是需要画家具有最敏锐色调感，是最不易表现的。记得他在给郁风画像时，就谈到他这个新的追求。直到 50 年代中，他的不朽之作《白石老人像》，衣服和帽子的深暗的灰调子和高音阶般明朗的浅灰背景的强烈对比，都使人感到他在油画方面成功的创新，这创新我以为是来自中国水墨画的某些启发。

吴作人的油画成就，是早就被公认的。1935 年我们第一次见面，在他家里看到许多他在欧洲的作品，其中一幅《裸女》和一幅风景画（是交我带回上海拍照制版的），使梁得所（他是徐悲鸿先生的好朋友，是一位要求很高的艺术鉴赏家）和我们都欢喜赞叹。记得在那个时代，对艺术家的“论资排辈”风气并不时兴，中青年画家只要作品好，是同老画家一样受到尊敬的。

有人把50年代作为吴作人作品转变的分水岭。50年代前,他以油画为主;50年代后,他以中国画为主,大致可以这样说吧。从表面上看,吴作人和徐悲鸿走着同样的路——同是在国外对油画、素描打下深厚的根基,同样有卓越的写实手法,同样是油画和中国画并长。但实质上两人有不同的趋向,悲鸿先生在中国画方面,更多地创作巨幅人物,他以画马著称。而吴作人的中国画,更多画的是牦牛、骆驼、熊猫、黑天鹅……这些古人和外国人不常画的题材,他也画鹰和金鱼,可是也和古人前人的完全不同,他从写生入手,从深刻观察这些描写对象的神态入手;他有深厚的素描基础,可是他能够"洋为中用",把素描的写形和水墨画的写意两个矛盾统一起来。他借助于他的中国特有的书法艺术的功力,孕育成他自己的、新的水墨画。

吴作人的中国画,像他自己说的:要洋为中用,而不是以洋代中,要民族化,而不是化民族。

他画牦牛、画骆驼、画熊猫,用大笔渲染,首先抓住这些动物的性格和透过动态所表达的内在精神,然后再"收拾"一些细节,这正是中国传统绘画所主张的"以意写形,以形写神"的具体实践。大家知道,西洋画"不厌其繁",而中国画是"力求简略"的,一个做加法,一个做减法,不论是加是减都不能无限制的。怎样才能碰在一起呢?用吴作人的话,就是"举要治繁"。"举要",当然是掌握对象的主要方面,"治繁"则是恰当地处理细部，两者都是为了传神。吴作人把牦牛的活跃、骆驼的安详、熊猫的天真活泼，都恰如其分地“举要治繁”，把准确的造型用精练的笔墨表达，而笔墨的功力，是得之于他的书法修养和文学、音乐等各方面的陶冶的。熟朋友都知道吴作人不仅是一位优秀的画家，而且是一位优秀的笛手，他曾和欧阳予倩、俞平伯、蒋梅笙等老一辈一起拍昆曲。

看了吴作人的国画，使人有一种安静醇厚的感觉，他喜爱的题材：鸽子、金鱼、熊猫、天鹅、骆驼……都是那么善良与安静，“画如其人”。即使画角斗中的牦牛，也只有使人感到雄健姿态而没有血淋淋的刺激。“一切众生，均属有情”，这是东方人的感情。在这一点上，他与日本的东山魁夷，略有相同之处。所不同的是，吴作人是中国人，他的作品更富有华夏民族的情操。

吴作人和徐悲鸿先生一样，喜爱收藏一些古人书画，对于一个画家来说，这种借镜是必要的，但是人所共知，吴作人的中国画无一笔直接“搬”自古人，他食古能化，他的中国画是当代的思想感情的产物，使当代的笔墨有新鲜感。这也是众所公认的。

毛笔和宣纸，既是中国绘画的工具，又是中国书法的工具，“书画本一律”（苏东坡），吴作人喝了洋墨水之后，益发觉得自己民族的水墨是一种奇妙的、适于表达东方思想感情的手段，他深有体会地认为：有了书法基础，我们才能充分领会和发挥中国毛笔的功能。书法用笔讲究腕、肘、指的运用，要经历长期的锻炼。吴作人的书法，无论是篆书或行草，都写得酣厚有力，不但画如其人，而且书如其人，他的书法也是陈年的绍兴黄酒，而不是白干。笔简意赅，余韵无尽。

作为中国美术家协会主席的吴作人(1986年，他还接受了法国政府颁赠的艺术文学最高勋章)，还是书生本色，待人接物，谦逊和蔼。不管在家里还是在社会上，照样话说得不多(对艺术界朋友是例外，有时滔滔不绝)，一说就是令人解颐而又耐人寻味的妙语。

1987年4月，吴作人在中国美术馆举行第一次有回顾意味的展览会。这将近两百幅作品中，有的是他“劫余”幸存的早年作品，有的是散失后剩下来的中年和近年的油画佳作，其中更有不少他从未公开展出过的中国画。自然，书法是展出中的一部分，而素描、速写等作品，也将饱饫广大观众。

近百年来，特别是近五十年来，中国知识分子为了民族前途，付出了无可估计的代价，一个善良的、忠于自己国家民族和作为炎黄子孙的职责的艺术家，艺术就是他的生命。一生勤奋的吴作人，创作了无数的美好优秀、感人肺腑的作品，但是侵略炮火的洗劫、国家民族的折腾，他自己从剩下来的选出了这一二百幅作品，看展览会的观众想到这一点时，定有许多感触。

吴作人敢于破古人陈法，敢于写“前贤未见”的题材，虔诚地创造为今天的人们所喜爱的艺术形象。他在1984年曾经为他弟子的画展题过两句话：

法由我变，艺为人生。

我觉得这八个字正是他自己的艺术趋向和艺术抱负的最好的概括，也是这位可敬的艺术家自己的速写像。

夕阳红隔万重山

——启功杂说

说学

朋友如陈迩冬兄等，给启老写信，信封都直书“爱新觉罗启功”，但绝大多数亲友、门生，都只称“启功”——或加“先生”，或加“教授”。“启老”则是近年国内对他的通称，我和王世襄兄，有时跟他的学生叫“启先生”，一示尊敬，二则也是名副其实的教书“先生”也。启先生字元白，文教界的朋友，有时客气地称“启元白先生”，其实不对，正式的称呼应是“爱新觉罗（姓）元白（字）”，如称“启（名）元白（字）”，就等于叫“耷（名）八大（号）”、“其（“昌”名）玄宰”、“璜（名）白石(号)”了。但约定俗成,启先生本人呼牛呼马,是无所谓的。对于文艺界朋友问候“启先生好”时,他有时就直截了当地开起玩笑来:“岂敢、岂敢,我叫启(岂)敢,又叫启(起)哄。”

前些时候,当我知道启老在香港为愚夫妇书画题额时写“启功敬题”,就在电话上抗议不应用“敬”字,他立刻回答道:“不,不! 我已改名,叫‘启恭敬’了。”

他有一方给人题字的图章,刻“启予手”三字,用《四书》句,表示是他的手笔之意,很有意思。一位同学悟性特高,就说:“启先生参加我们的球赛吧。”启先生问为什么? 他答:“启予足。”

启先生中学毕业后,一直受到学术界前辈、新会陈援庵(垣)先生的提掖诱导。以一个中学生,从师学过一些“经史辞章”的,陈先生初见面,就推荐他在辅仁大学附中教国文。两年后因为有人认为他不够中学教员的资格,援庵先生索性又改派他在大学教一年级国文。启先生现在任教的北京师大,就是和辅仁合并的,也就是辅仁大学的后身,所以启先生便把师大作为自己的家。启老天资本来极高,加上援庵先生治学态度的严格,对他有深刻影响。他在各方面的学问成就,他对教育事业方面的贡献,都和援庵先生的提挈有关。“文革”期间,援庵先生逝世,启先生在痛悼援庵先生的挽联中,有“信有师生同父子”那句至情的话。

关于启先生做学问的情况,他自己有几句过于谦逊的话:

功幼而失学，曾读书背书，虽不解其意，而获记其句逗。曾学书学画，以至卖所书所画，遂渐能识古今书画之真伪。又曾学诗学文，进而教诗教文，久而诗略悟其律，文略悟其法。

——《启功丛稿·前言》

启先生的天分高，是朋友们公认的，他有惊人的悟性和记忆力。记得1962年顷，我在人民美术出版社负责《中国美术论著丛刊》的时候，我把已请人点校好的唐张彦元《法书要录》再求启先生审阅一遍，当他顺手翻到王羲之的书牍那一章，便兴致勃勃地指出某字传世帖作某；某牍与下牍误连，应分列；某牍与某牍应是一事，当合并等等。当时记得是在舍下，他手头无书，却能如数家珍地对王帖一一订正，这不能不使人感到惊奇。于是，索性再求他将这部书带回去重新点校一遍，这一部《法书要录》的出版，应当是整理得较好的一本古代书法著作，可惜印数不多，国内外注意到的人尚少。

“曾读书、背书……而获记其句逗”看似寻常，但对于学术方面来说，就实在不简单，要做到这一点，天分与刻苦，两者都不可或缺。又记得前几年某日，偶然想起看过一段记载，有个和尚爱写打油诗，出过一本诗集叫《牛山四十屁》，但想不出出处，便打电话向启先生请教。他随口就说：“这事见《聊斋》，你查查看，而且这和尚写的《牛山四十屁》，清末缪荃荪曾收入他的《书目》里。”果然后来从《聊斋》卷一一《司札吏》的附录中，翻着这一条。启先生广泛的涉猎与过人的记忆力，不是下愚如区区者所能企及。

“曾学书学画”的人甚多，但“渐能识古今书画之真伪”，又是一门专门学问。启老现任文化部文物局全国书画鉴定小组组长，共事者为谢稚柳、徐邦达、刘九庵等，都是全国数一数二的鉴定专家。启老常自谦说：“比起其他几位专家，我一点都不专，我教了几十年学，我只能称做教书专家。”但世事常常是辩证发展的，书画鉴定，不但要有纸、墨、印鉴的知识，要有时代风气和个人风格甚至装潢裱褙的知识，还要有诗文、史实、典籍、掌故的知识，只有越博，才能越成就其专。我们试读《启功丛稿》中的几篇考订文章，如《陆机〈平复贴〉考》、《孙过庭〈书谱〉考》等，能从原迹墨书及内容，加以分析，判断真伪，寻绎根源。“鉴定”这一门学问，也需要博和专的相辅相成。

“诗悟其律，文悟其法”，在当代学人中如王力、吴组缃诸先生都可说当之无愧。但启先生说，他对于这两者只是“略悟”，可这一“略”也非比寻常，启先生写过《古代字体论稿》、《诗文声律论稿》、《论诗绝句一百首》、《论书绝句一百首》等发前人所未道的专著，这些学术方面的论著，文采风流，娓娓动听，论者谓“窃攀屈宋宜方驾”，这一“略”也不简单。

启先生治学，除了上述他自己说的几方面以外，在史学方面的探讨和贡献也不少。他是较早研究董其昌的山水画南北宗说的，其他美术史、书法史方面都有独特之见。例如他把元、明以来提出“行家”、“戾家”这种画家区别，画工画被目为“戾家”，士大夫画为“行家”，看出当时社会对绘画的趋尚和绘画“雅”“俗”的争论（见《戾家考》），在中国美术史上，这也是前人所未道的。他花了几年工夫，为中华书局标点《清史稿》，使这部较完整的近代史，得以列入《二十四史》之后。对于“正史”，他也常有前人未道的见解，例如：

> 史官为帝王所雇佣，其所书自必隐恶扬善，歌功颂德。……后世秉笔记帝王事迹之书，号曰《实录》，观其命名，已堪失笑。夫人每日饮食，未闻言吃真饭，喝真水，以其无待申明，而人所共知其非伪者。史书自名《实录》，盖已先恐人疑其不实矣。又实录开卷之始，首书帝王之徽号，昏庸者亦曰“神圣”，童骏者亦曰“文武”，是自第一行起，即已示人以不实矣。
>
> ——《乾隆以来系年要录·跋》

以上我以为是他多年追随援庵先生治史的心得。史，本来范畴极端广泛，古人说“六经皆史”，现在人看起来更不止这个范畴，凡过去事迹皆史。但治史一要“竭泽而渔地搜集材料”，那就需要博闻强记的功夫本领，更要实事求是、去粗存精的态度，抉出前人《实录》之不实，而不必相信其“吃真饭，喝真水”的表白也。

启先生的学问，在读书人都志在“成名成家”的年头，却自谦为“庞杂寡要，无家可成焉”(《启功丛稿·前言》)。

朋友们曾经私下议论：鲁迅先生如果生在另外一个环境中，他很可能像托尔斯泰写《战争与和平》那样写出大部头不朽之作，但时代只容许他挥匕首写杂文，没有“豪文”留下，应是“文豪”的憾事。陈寅恪先生学贯中西，精通多国语文及多种民族的失传文字，作为一位唐史专家已不算能展其才学于万一，但晚年却花几年工夫去考证柳如是和一位写《再生缘》的女作家，时光精力的浪费似乎可惜。启先生“无家可成”，最后被推为“书法家”，这也是时间、空间的阴差阳错。魔术家在舞台上手巾一扬，要使空箱子变出来一头彩凤，但结果却飞出一只金鸡。金鸡也不错，许多人都在喝彩了，但到底谁在施狡狯？连魔术家自己也不知道。

启先生有一首《沁园春》，抄在这里，略见此老对自己学问的谦恭态度：

> 检点平生，往日全非，百事无聊。计幼时孤露，中年坎坷，如今渐老，幻想俱抛。半世生涯，教书卖画，不过闲吹乞食箫，谁似我，真有名无实，饭桶脓包。偶然弄点蹊跷，像博学多闻见解超。笑左翻右找，东拼西凑，繁繁琐琐，絮絮叨叨。这样文章，人人会作，惭愧篇篇稿费高。收拾起，一孤堆拉杂，敬待摧烧。

附带说一下，此词上半阕说的“教书卖画”，严格地说，改为“卖字”，才是“实录”。启先生工画，山水兰竹，清逸绝伦，但极少露这一手，因为单是书法一途，已经使他尝尽了世间酸甜苦辣；如果他又是个画家，那还了得！

启先生肚子里的玩意儿究竟有多少，实在很难蠡测，他不但对满洲的风俗典章制度熟极如流，并且对满文满语也深有研究，所以这里说启先生之学，是不能尽其十一的。

《论衡》说："通书千篇以上，万言以下，弘扬雅言，审定文牍，而以教授为人师者，通人也。"这还不够，还应加上，记览宏博，门类纷披，而又融会贯通，互相为用才算真正的"通人"，现在"家"太多，"通人"太少，启老其应为"文通先生"乎！

说书

书法是一门艺术，艺术是供人品尝的，有如厨师做菜，虽曰口之于味，有同嗜焉，但毕竟各人有各人的爱好。启先生曾是全国书法家协会主席，但中国人民，完全享有不喜爱启功书法的自由。

至于我，我自己认为喜爱启先生的书法，有许许多多的理由，主要的有以下几点：

功力深，是我佩服启先生书法的原因之一。我虽自认从小得名师邓尔雅先生的指导，但我从小不用功，中年东奔西跑，也没有有恒地学习书法。晚年对书法感兴趣，但正如启老所说："六十多岁，至少从脑到手，也僵化了许多。"启老从做学问到写字，却从少到老，孜孜不倦地用功，所以他的书法，有血有肉，有笔有墨。而区区正由于少壮荒怠，一曝十寒，基本功方面，就如广东土话："打马都赶不上。"

知识博。对于书法，启先生可以同你谈一千零一夜。从纸、墨、笔、砚的功能到"文房四宝"的演进；从碑帖的流传经过，某碑到某一朝代后缺某字，其后又缺某字，翻刻、伪造本与真本的区别；从某一朝代、某一派别到某人的风格特点；从执笔、临摹、间架结构、分行布白……这些书法方面的问题、经验一直到历史，他都能如数家珍地向你道来，这样渊博的书法知识，至少是谫陋如我，甘拜下风的。

经验丰富。书法有如酿酒，老而益醇。启先生中岁以前，小楷很像《灵飞经》的路子，雍容秀逸，含蓄多姿，晚年变谨严为萧散，变化也多起来，看启先生的行书，有如天女散花，飘潇入眼，清韵如琴，总是一种逸气。他曾总结学书经验：

> 一、曾向书家求教，问从执笔到选帖的各种问题，得到的答案，却互相不同，使我茫然，无所适从。二、所学只是在石头上用刀刻出的字迹，根本找不出下笔、收笔的具体情况。三、后来得见些影印的唐宋以来墨迹，才算初步见到古代书家笔在纸上书写真相。好比见着某人的相片，而不仅是见到他的黑纸剪影了。
>
> ——《启功书法作品选·自序》

这些经验，自然是前人所未道的，他能够坦诚道出。摊开一本启功书法印本，再印证一下他的经验，就知道他不但鸳鸯绣出凭君看，并且是“愿”把金针度与人的。

启先生的书法，用墨、用笔，都十分考究，他用墨不燥不湿，恰到好处，运笔游刃有余，骨肉匀称，字的结构更具有韵律感，使人百看不厌。“用笔何如结字难，纵横聚散最相关。”(《论书绝句百首》之一，下同)他认为书法用笔固然要讲究，但字的结构更加重要。我的看法，启老的书法，用笔、结字以至整篇的布局，都十分精到，所以百看不厌。而达到这样圆熟的境界，正是启老一生不断总结经验的结果。

书卷气。启老的书法，有时含蓄蕴藉，有时舒展流畅，这是作者在不同的情感酝酿下的表达。而贯串他整个书法艺术的内涵，则是充分的书卷气，这书卷气包含渊博的学问修养，包含一种读书人的气质。古今学者当中，例如王夫之、鲁迅，并不以书法名家，但他们的书法，因为充满了书卷气，就令人觉得醇厚隽永，意味盎然。书卷气是“胸中万卷书”的积发，无法顶替，无法冒充，有诸内而形诸外的。启先生“肚皮里有墨水”，这一点至少是区区我望尘莫及的。

启先生对于书法，反对用软的毛笔去追求刀刻在石上的字迹效果。他认为“拿毛锥来追利刃”的做法是徒劳的。“岂独甘卑爱唐宋，半生师笔不师刀”；“学书别有观碑法，透过刀锋看笔锋”，这是他针对包世臣、康有为那时流行的主张所持的见解。

启先生不反对书法的革新，他认为一个时代，必然有一个时代的新风格和新流派出现，但是他反对盲目的，趋附时尚毫无根据的所谓革新，他说：

亦自矜持亦任真，亦随俗媚亦因人；
亦知狗马常难似，不和青红画鬼神。

在北京，有时候和从事书法革新的青年朋友讨论，我总是认为当代有沈尹默、启功这样传统功力很深的书法家是我们的幸运，这正如中国画当中有齐白石、黄宾虹、张大千一样，是给我们承先启后的过渡提供桥梁，艺术的发展是依附社会的发展，由渐变到突变的，不能没有根芽，没有依附，就凭空长出艺术之花。因此，扎扎实实的艺术基本功，还要从老一辈学，至于掌握了规律之后自己怎么变，那是自己的事；但乱和青红画鬼神去卖野人头，可能此路不通。

说教

启先生说："幼而失学，提不到什么专长，从做童蒙师到大学教书，已经过了 50 年。"他的名片，从来就只写"北京师范大学教授"一个职衔，其实他在社会上，许多"席"和许多"家"都加在他头上，并不是"无家可归"，只是他却十分自谦，说"中间做些'副业'，只是写写画画而已"。这还是说，启先生自己只承认是个教书专家，其他只是"副业"。

正因为如此，启先生的教学生涯是值得写一写的。可惜的是，我只间接地听到师大的同学上过启先生的课的，都如何深入浅出，引人入胜。我自己在一些机关学习会上，确也有几次听过启先生娓娓动听的书法讲话，但“予未得为孔子徒也”。启先生在教学方面的动人事迹，只能由他的学生来写，这一段算“暂缺待补”吧。

启先生对陈援庵先生的教导，是念念不忘的，他在纪念援庵先生诞生百年的文章《夫子循循然善诱人》中，开宗明义就总结了援庵先生告诉他“怎样教书”，共为九条，既生动又切实，这大概是启先生在教书生涯中拳拳服膺的准则。例如：“一个人站在讲台上要有个样子，人脸是（和学生）对立的，但感情不可对立。”“不要发脾气，你发一次，即使有效，以后再有更坏的事件发生，又怎么发更大的脾气？万一无效，又怎么收场？”“批改作文，不要多改，多改了不如你替他作一篇……要改重要的关键处。”“万不可偏爱、偏恶，万不许讥诮学生。”总之，启先生在讲堂上的幽默风趣，殷切关怀，淹博通达，辩才无碍，赢得了无数青年的爱戴，培养出大批人才。

说人

记得50年代初，我在买来的几册旧《齐鲁学报》中第一次见到启先生的名字，那时拜读了他的《董其昌书画代笔人考》

等论文，心想：像这样搞美术史才够味儿。那时我正在雄心勃勃地想在美术史方面下点功夫，但一看到这样博搜广集极有深度的“样板”，几乎失去信心，觉得自己肚子里的“料”，比起人家太差了。又一次是在旧书店中得到一册珂罗版的《雍睦堂法帖》，很高兴地拿去给叶誉虎（恭绰）先生看。叶先生说：“这是启功编的，他和溥雪斋一家，贵胄天潢之后常出一些聪明绝代人才。”这是我对启先生的初步印象。

1957年后，我们的“中年”（启先生其实比我只大八个月，抚躬自问，真是“食粟而已”），都碰到些“坎坷”，那时我已从北京东城栖凤楼搬到芳嘉园，和王世襄兄住在一起，启老和世襄兄深交，就得以时相过从。只要听到隔墙一片“京油子”腔，一阵爽朗的笑，就知道启先生驾到。记得那时大家都比较有闲，世襄兄善治螃蟹，秋镫持螯，听启先生从三坟五典吹到蚊子苍蝇，现在回忆起来，还是平生至乐。记得当时闲得发慌，就相约写点读书笔记，写好由我去请友人施先生代抄。这时世襄兄的《明代家具研究》初稿，已经油印出来。我那本《吴道子事辑》初稿，也请启先生审阅一遍，三十多万字的文章，还我时逐一夹了不少签条。启先生的《诗文声律论稿》，自己用小楷抄改了九遍，还不满意，还要朋友提意见。这种认真态度，使我暗中咋舌。

启先生那时候已同夫人由黑芝麻胡同迁居小乘巷，夫人章佳氏，也是“东胡”族，比启先生年长一岁，斗室一椽，不改其乐。70 年代初，章佳夫人不幸病故，启先生伤怆至深，曾把夫人生前替他收藏起来的水墨精品裱成册页，自己题上多首悼亡诗，情感之深，不忍卒读。因向知好征题，遂得拜观。其后许多朋友都半开玩笑地向启先生提到续弦问题，启先生总是支吾了事。我想起他那本册页，总是不忍向他提这件事。

启先生没有儿女，由一位亲戚晚辈伺候起居。小夫妇有一男孩，现年也有八九岁，前几年启老每次出国，必然买个玩具大狗熊或猴子什么的归赠这个孙子。海关人员不知底蕴，还向我打听，启老年纪一大把，为啥每次回来还抱个洋娃娃？

启老爱作打油诗词，可惜此文写于客中。没能抄录一二。这些打油之做多是自嘲，读后令人笑中有泪，可说是打油的上乘。

这里且介绍他老人家 66 岁（1978 年）所作的《自撰墓志铭》以见风格之一斑：

中学生，副教授。
博不精，专不透。
名虽扬，实不够。
高不成，低不就。
瘫趋左，派曾右。
面微圆，皮欠厚。
妻已亡，并无后。

丧犹新，病照旧。

六十六，非不寿。

八宝山，渐相凑。

计平生，谥曰陋。

身与名。一齐臭。

这一墓志铭，看得出中国知识分子魏晋风流的某些传统。

启老在陌生人面前显得庄重；对熟朋友，却爱开点小玩笑。黄胄兄不良于行，有一天，两人一起上楼，启老先走一步，黄胄说，咱俩又不是龟兔竞走，你何不等我一下？启老马上答曰：我半道还要睡觉等你。又一次两人同坐，启右黄左，黄胄又说：咱俩并排坐着，像土地爷土地奶奶。启老即说：右边的是土地爷。

启先生敬老尊贤，温良恭俭让，出国开会，遇有比他年长的人，总是让长者先行、先发言。这些规矩，年轻人或目之为“迂”，而君子以为知礼。

80年代以后，启先生声名日高，开会、应酬、演讲、出访，日不暇给，而慕名来访的人，更是其门如市。那时他住在北师大小红楼宿舍，自己在门外贴上许多“启功谢客”；“大熊猫病了，谢绝参观”，以及师大正式贴上公文，宣布启功因病不能见客等，都完全失效。鄙人目睹心焦，稽徨无策，因戏为《保护稀有活人歌》，向社会呼吁，时1984年4月也，歌曰：

国子先生醒破晓，不为惜花春起早，只因剥啄叩门声，“免战”牌悬当不了。入门下马气如虹，嘘寒问暖兼鞠躬，纷纷挨个程门立，列队已过三刻钟。先生歉言此地非菜市，不卖黄瓜西红柿，诸公误入“白虎堂”，不如趁早奔菜场。众客纷纷前致辞，愿求墨宝书唐诗，立等可取固所愿，待一两日不为迟。或云夫子文章伯，敝刊渴望刊鸿词；或云小号新门面，招牌挥写非公谁；或云研究生，考卷待审批，三四十卷先生优为之；或云书画诗词设讲座，启迪后进唯公宜；或云学术会议意义重，请君讨论《红楼梦》；或云区区集邮最热衷，敢乞大名签署首日封；纷呶未已叩门急，社长驾到兼编辑，一言清样需审阅，过期罚款载合约；一言本社庆祝卅周年，再拜叩首求楹联……蜂衙鹊市仍未已，先生小命其休矣。早堂钟响惕然惊，未盥未溲未漱齿。渔阳三挝门又开，鉴定书画公车来，国宝月旦岂儿戏，剑及履及溜之哉！吁嗟夫，骅骝骐骥世所少，故伯乐常有而千里马不常有，百千伯乐一骏牵，甲曰挽軛、乙曰犁地，丙曰使牵盐。马思边草拳毛动(用刘禹锡句)，不料诸公偏起哄，五马分尸喻未当，尸分一马终何用？大熊猫，白鳍豚，稀有动物争护珍，但愿稀有活人亦如此，不动之物不活之人何从保护起？作此长歌献君子！

启先生已年过八十，经常有些小病，但也幸得延年，岂非盛世之庥荫欤？《名家翰墨》主编以鄙人曾亲接启先生杖履，远道索稿，客中匆匆草就此篇。曾记十多年前，启先生以美国唐德刚先生所写《胡适之在美国》一书见示，说："传记文章，把人写得有血有肉，有优点有缺点，是个真人，这种文章可读。"启先生写齐白石（见《启功丛稿》），也是如此，可惜鄙人小脚初放，深愧无此才情也。

一个造梦的土家人

——黄永玉三题

小传

黄永玉，1924 年 7 月 9 日出生，湘西凤凰县土家族人，小时名永裕。父玉书，通音乐、工画；母杨光蕙；父母都当过小学教师和校长。黄永玉小时在凤凰家乡念书，受过小学及初中二年的教育。1937 年离凤凰，在福建泉州及江西上饶一带谋生，当过瓷场小工。偶然看到表叔沈从文的作品，深受影响，开始酷爱文艺。16 岁专志于绘画、木刻。参加过抗日美术工作。当过中小学教员、民众教育馆员、剧团见习美术队员，渐以木刻创作闻于世。1947 年在上海举办木刻展览。其后赴香港，曾任《大公报》美术编辑。50年代初，挈家回北京，任教于中央美术学院版画系，以木刻水印《阿诗玛》插图、《捕鲨》、《伐木人》、《齐白石像》等多种风格的版画为此时期之代表作。60年代末，开始作国画，以荷花及黄山写生著称。“文革”后期以“画猫头鹰”被诬为“黑画家”。80年代初得到平反，遂致力国画创作，巨幅花鸟、人物、山水，尤其所长，间亦制作巨幅油画，以其勤奋，作品甚丰。1982年曾在北京中国美术馆举行大型展览，深得国内外艺术界的好评。1985年以后，曾在香港、澳大利亚、西德、意大利举行画展，并荣获意大利圣十字司令勋章。

黄永玉的绘画，初期用线谨严准确，装饰性强。其后笔墨豪纵，能工能写，所作巨幅《墨荷》，作风雨战斗声，极“英姿飒爽”之妙。人物刻画特征，寥寥数笔，尽态极妍。山水不拘一格，淋漓明细，各有千秋，喜以排笔作线及渲染画面，气势豪雄自成一家。书法酣逸，题画尤隽永有味。其作品风格，糅合古今，迥异流俗，初不限其为中为洋，何家何法也。黄永玉平日于书无所不读，浸淫今古，乐而忘倦；喜音乐，好游。文艺成就甚广，新诗集有《曾经有过那种时候》（曾获《诗刊》第一奖）、寓言画册有《罐斋随笔》等四种、散文有《太阳下的风景》（均香港三联书店、生活·读书·新知三联书店版）、杂文有《吴世茫论坛》（香港明窗、三联书店出版）、游记有《沿着塞纳河到翡冷翠》（三联书店、香港壹出版有限公司）等。其版画、国画专集，国内外出版甚多。黄永玉曾任北京中央美术学院教授有年，为全国美术家协会副主席。1984 年 6 月以后，定居香港，除中西画创作外，并制作小型雕塑。

黄永玉近年游踪所及，对欧洲绘画艺术，感受甚深，他的油画和雕塑，因之风格一变。油画创作，表现出东方民族情调，色彩多样，时而强烈，时而雅淡，境界一新。所作铜雕，手法精妙，意义深远。这些新作，受到中外艺评家的注意；而最近所作巨幅花鸟、人物、山水国画，沉雄艳逸，老笔纵横，具有强烈的现代感，只有目睹者，才能得到深刻感受。但是这显然又是永玉的一次“老年变法”。

黄永玉一家，都是画家：黑蛮、黑妮兄妹，是大家知道的油画和现代雕塑的后起之秀；夫人张梅溪，很早就从事儿童文学创作，近年也作花卉和小幅油画。

黄永玉一本近年出版的小书后附作者的介绍说：“自学美术、文学，从事版画、国画、油画、雕塑、漫画、小说、诗、散文、剧本创作。”这样的一位艺术“多面手”，在国内外都可算是属于“稀有动物”。他的成就，如果不依靠勤奋，是万难做到的。但尽管面多，黄永玉主要还是一位画家。

1991 年，黄永玉写道：“一方面是接近不逾矩之年，也为了朋友和国家，该加一把劲吧，闲暇间时作奋起，倒弄得浑身一股子用不完的劲，脑子也特别之鲜活。”读之令人感动。果然，1993 年 7 月，黄永玉在香港举行七十美展。

谨对大家熟知的黄永玉作一扼要而较全面的简介，似乎只适用于《画家辞典》。

给白霞的信①

黑云翻墨，伸手不见五指，四山沉寂，在极端郁闷的气氛中，有几只蚊子嘤嘤地叫唤。这时，天空突然发出一道霹雳，你马上觉得这道霹雳特别响亮，特别有力，特别惊人，特别光芒四射！

这就是你两年前跑到我们这个遥远而带着各种神秘传说的国土来时所看到的叫你兴奋的景象。

这道霹雳预告了马上要下一场暴风雨，然后出现晴天，正如你常常看到永玉在画面上所表现的一样。

比如在舞蹈家戴爱莲的客厅里，就有这么一件大幅作品：黝黯的天气，沉寂的池塘，但鲜红的荷花倔强地挺立，真是生气盎然！而两只纯洁的白鹭鸶猛地从池子下方斜冲上去，这两只鹭鸶矫健的姿态，也仿佛一声霹雳正在划破沉寂的广宇，把光明和希望带给人。永玉这幅画，创作时我是在旁边的，时间是 1976 年 10 月 5 日下午。两天以后，北京就已经纷传"四人帮"封建法西斯统治的结束，我清楚地记得戴爱莲像发狂似

---

① 白霞·威尔逊，是英文《中国文学》杂志社的外籍专家，她是苏格兰人，曾在伦敦出版的《星期六泰晤士报画刊》上介绍过黄永玉的作品。

的在客厅旋动她久已放弃了的欢乐的步伐。永玉和爱莲要我写几个字在画上，我就高兴地写了 20 个字：

健羽冲寒去，池塘色更鲜；

昨宵风雨后，万朵灿红莲！

正如你所知道的，黄永玉在 40、50、60 年代，就是一位著名的版画家——不过，那时他是一位规规矩矩的版画家。他曾经用木刻刀在梨木上非常认真地表现大兴安岭的伐木工人大碗喝水的豪情。他用细致而有力的刀法去刻画渔民和大鲨鱼的战斗——那时他正看完了麦尔维尔的小说《白鲸》，被故事情节感动，感觉到人与大自然斗争的伟大场面，于是就激动地创作了这幅版画。他由于被阿诗玛的美丽故事迷住了——这位土家族画家，不但熟悉和热爱少数民族的生活，并且到过云南，特别是绿得像翠玉一样的撒尼地区和西双版纳一带，他曾经逗留过，因此他成功地创作了一套《阿诗玛》木版水印插图……永玉在精心地和一丝不苟地进行他的艺术创作。那时，尽管他还在教书，居住条件——连他叫做“西屋作坊”的工作室也都不到 12 平方米，可是永玉那时心情还是舒畅的。他尝过苦水，他盼着不久我们国家就会飞跃发展，个人生活暂时困难些，这没有什么可说的。可不是嘛，如果始终不渝地为祖国的生产建设努力下去，加上亿万人民蓬勃的生产积极性，那么永玉可能就从此心情舒畅地、循规蹈矩地做他的版画，或者舒舒服服地一辈子当一个美术学院教授。可是，情况来了个变化，林彪、“四人帮”一伙像狼群似的横冲直撞，“苦迭达”的局面顿时出现。永玉就同绝大多数的好人一样，起初他的家被抄了，他多年的油画、版画和其他作品，是被少数几个曾经尊敬地叫他做“老师”的人到他家里当面撕毁和烧掉的。他性命相依的许多书画和古今中外的文艺书籍都被抄去，最心爱的唱片当场砸碎了。他们想毁灭文化，消灭但丁、歌德、托尔斯泰、李白和庄周；消灭陈老莲和石涛、凡高和毕加索；毁灭贝多芬、莫扎特和格林卡……那天晚上，永玉含着眼泪来到我家，我们默默地相对，然后他圆瞪着眼睛，指一指自己的脑袋，慢吞吞地说：“毁灭有什么用呢，它们一旦装进了这里，那是消灭不了的。”以后他被关进“牛棚”，被迫去“朝请罪，晚汇报”……他亲眼看到过许多他所景仰的前辈一个一个地“失踪”和被捕——他的老乡贺老总就是其中之一。他所熟悉的亲戚朋友一个一个地被折磨和被关禁——他所敬爱的表叔沈从文先生，就每天被派去打扫厕所（他还干得很认真呐）……他身受目睹这些牵涉到亿万人的灾难，作为一个艺术家，他的眼泪水一直往肚里流。他闭起眼睛就想象到自己，不！也是大多数人，都是那个浑身被毒蛇缠绕着的拉奥孔（虽然永玉并没有像“科班出身”的画家那样死抠过他的那副用石膏做的尊容，可是他熟悉希腊神话，他看到他痛苦的灵魂）。他在唐人著述本上知道吴道子画过可怕的大壁画《地狱变》，虽然现在看不到了，但他欣赏过罗丹的《地狱门》。今天，他觉得罗丹这件作品太表面了，现实比《地狱门》表现得更阴森，更使人毛骨悚然！他偶然受别人的请求，在一本小册页上画了一幅猫头鹰，就被指为“反革命”，在动员千百万人去看的“黑画展览”中，赫然列为首屈一指的第一幅！当然，从此就大会小会，不断地“批斗”……

熟悉中国风土人情的人都知道湘西这个地方，你说它山水雄奇是事实，可也出强人。拿永玉的家乡凤凰来说，就是以民风强悍著称的，从有皇帝的封建社会到没皇帝的民国以来，很多县太爷都怕进到这穷山恶水。这里的土家族、苗族、汉族都习惯于用火热的心对待亲人而用冰冷的剑来对待仇敌。他们重义气、轻财帛，“路见不平，拔刀相助”。永玉是土家族，小时候在小学里就善于打架。打架不是文明的事，就是说，我们的画家从小就不那么文明，可普希金这样文明的诗人还和人家决斗，那有什么办法呢！永玉从来就不否认他从小打架，一直到长大了都还打过不少次架。虽然他属的是鼠，但有不少的“牛脾气”。可是在十年动乱的那些日子，打架的不是那些好人，好人都是挨打的。狼要跟绵羊“打架”，是不许还手的，他们的黑话，叫这做“文攻武卫”。有一天，那还是1967年初，永玉正从学校操场走过，两个外头来的“造反派”不由分说地抡起皮带向永玉没头没脑地抽扑过来，抽到他们手都抡不动了。永玉却一声不哼。永玉这个土家族人打了一辈子架，却从来没有碰到这个方式的打架——少林拳师能够同叮他的蚊子展开拳脚吗？于是他一声不哼，只是像铁人一样屹立着挨他们打。

韩愈观察了自然界，看到了“草木之无声，风挠之鸣；水之无声，风荡之鸣……”他还看到在一定环境下，人类社会也在呱呱大叫：“庄周以其荒唐之辞鸣；楚大国也，其亡也，以屈原鸣。……汉之时，司马迁、相如、扬雄，最其善鸣者也。”于是乎他得出结论：“大凡物不得其平则鸣。”这种“鸣”，有时候是发之声音的。闪电的霹雳，是自然界在矛盾激荡过程中爆发出来的一鸣。但是也有发之诗歌文辞的，韩愈列举以上的例子就是。至于永玉，这个土家血统的烈性人，那时却只能用他的画作无声地“鸣”。“于无声处听惊雷”，鲁迅这句沉痛的句子，正是永玉彼时彼地的心情。永玉在干校，在农村，在被赶到比鸽子笼还小的宿舍中，就开始闷声不响地拿起笔来画他的画。

永玉自己说：他在小学的时候，学校有个荷塘，他每年夏天总是流连于荷花荷叶里。于是就开始画荷。

画荷有什么意思呢？

在林彪、“四人帮”那个时候，不少艺术家给突如其来的暴风雨吓坏了，唱戏的不敢唱，改行到文化部门去看大门。第一提琴手挂个布兜在存车处给人看管自行车。在医院排队看病嘛，是一些人聊以自娱消磨时日的唯一去处。这个时候谁想在文艺方面做点哪怕是最微小的工作，都被视为“自寻烦恼”，是蠢驴才干的事。有些画家的乾隆纸都被抢去写大字报。笔吗？不是虫子蛀掉了毛，就是笔头离开了杆。他们也不在乎，这不就可以关起门来睡大觉了吗？

可是永玉偏不肯“自动退出历史舞台”，他偏偏在这个“万马齐喑”的时候，比从前百倍用功地画画。他致力于画中国画，他要通过画来把亿万人心中那团愤火发泄出来。的确，要是我是“四人帮”的话，我就能够把永玉画荷花的“罪状”装一列火车：黑色的池塘表示“四人帮”的黑暗统治，红色的荷花暗示人民坚强不屈的反抗，动乱的荷叶表明革命暴风雨的来临，等等。但是我们毕竟不是林彪、“四人帮”，我们并不需要庸俗地把每幅画都套上些政治框框。当然，其中有些则是作者表达了鲜明的政治内容的，例如在 1976 年 1 月 9 日深夜画的《红荷图》、《天问篇》等作品。只是可以肯定地说：黄永玉在“四人帮”猖獗时期，在某些人张牙舞爪到处制造法西斯恐怖的时期，却勇气百倍地在大画其使林彪、“四人帮”望而生畏的画。这难道不能说明他是对当时那股逆流的愤怒还击吗?!

“四人帮”们都是神经衰弱症患者，他们做贼心虚，他们看见自己的影子就马上想到是李慧娘在跟着他！其实，永玉的荷花——也正如他画的猫头鹰一样，并不那么可怕，就是说不都那么包含现实意义。他首先是艺术家，是为给人类创造美的享受而活在世界上的。但是，如果像林彪、“四人帮”那样给整个国家民族散布丑恶，把人类灵魂染上污秽，触怒了他，那么这个具有土家族传统的人，为了保护人类世界的美，他有时候被迫予以各种方式的还击，例如在题画中，把“四人帮”捅上两刀子之类，这也是合情合理的。

但是，还是让我们抛开这些想起来恶心的过去吧，更主要的，毕竟是创造美，把人类带到健康的、美的世界去，这才是一个艺术家的真正职责。

画家常常爱把完成一件创作比做母亲生出一个婴儿。婴儿是母体的血肉分出来的，而一件创作则是从画家的灵魂分出来的。很难想象一个画家对于自己的作品不赋予生命的活力，而在永玉的作品中，这种生命力更给人以鲜明的感受。一株荷花，几片荷叶，都具有生命，都在随风颤动。久经风雨，却是不屈不挠地如轮翠盖；或者迎着朝霞盛开的出水芙蓉，用荷叶遮住一半，还带着些腼腆才露出微红娇靥的初花，这些都是生气盎然——或者说，是已经由画家赋予了活生生的生命的。在静寂的池塘里开着的几朵白莲，绿和白是主调，静极了，它把你带进一个净洁得像在古希腊庙堂中所见的丘比特塑像或者是妙玉在栊翠庵蒲团上打坐的境界，但是一花一叶，都包含着充足的生命。谁说静的境界就显不出生命呢？你看：那幅《鹡鸰水仙》和《秋水》（杜甫诗意）都静极了，可是这里面的花鸟、流水、平沙，都不但表现了自然界的生命，并且表现了自然界的感情。因为作品有了生命，才能引起你的浮想联翩，才能拨动你心里的某一根丝弦因而引起共鸣。我上面提起过他爱画的白鹭鸶，在他的许多幅白鹭中，无论是安详地低飞或矫健地高翔，都表现出画家所感受的大自然的蓬勃生机。鹭鸶那稳定的头部，有力的翅膀，像钢铁打就的那样劲挺的双足，这些，都表现了白鹭的生命力。

永玉的猫头鹰，如果没有生命，那就只能博得敌视他的人鄙夷地一笑了事。正因为画家赋予了这个猫头鹰以充沛的生命，他能使好人看了觉得雄健可爱而坏蛋见了感到惊惶失措，这才使得永玉在三年前招来一些不怎么舒服的麻烦！

像你这样的一位欧洲人，大约不太习惯于中国绘画理论中所提到的“以形写神”（这是4世纪的重要画家顾恺之的话）和“气韵生动”（这是5世纪的画论家——《六法》的提出者谢赫的第一个要求）这样的话。古代中国人要求的“神”和“气韵”，的确是带着点神秘色彩，但是，欧洲的现代画家却已经在实践中掌握了“神”和“形”的关系，他们为了追求“神”，有时夸张或甚至放弃了“形”。最容易举出的例子，是毕加索和马蒂斯的某些作品。“神”如果解释为事物内在的精神，是比“形”更重要的探索对象，那么也就易懂了。“气韵”我以为是“神”的运动，是画家捉住了事物内在的、本质的东西而使之再现出来的无形生态，任何事物的本质都不是静止或是死的，它永远是动的，处于发生、发展、变化、死亡和新生之中。我觉得对画家要求“写神”和“气韵生动”的解释，比我上面谈了半天的“生命力”更恰当和更深一步。对照一下永玉的作品，你不觉得我的看法近于荒诞吧？

“写神”和“气韵生动”的追求，对于画家来说应当是永无止境的。我不认为永玉的作品和才气已经到了尽头，相反的，他喜欢用屈原那句话“路漫漫其修远兮，吾将上下而求索”来表达自己在艺术探求方面的苦行。正因为这样，永玉的创作，也可以说，目前还只是一个很好的开端，他才只是精力旺盛的五十多岁的人。

对于“写神”的追求，我们还可以从永玉画展中的几幅人物画来看。他不止一次地画屈原，他对于两千多年前这位楚人的性格十分喜爱。在他的笔底下，屈原总是显得本性倔强，形象高大，红衣披发，气宇非凡，在泽畔行吟时，他低头背手，瞪目怒视，下面几笔芦苇也同样劲挺地在秋风中战斗，豪纵放肆的笔墨，充分表现出这位伟大诗人的满怀豪情与满腔悲愤！《天问篇》中的屈原，只画了个背面，夸张地抬头散发、双手怒伸、向天质问的姿态。全幅气势磅礴，感情充郁。画家也和屈原当年写作这篇《楚辞》一样，对于为人民牺牲的那些卓越人物，他是为什么生的？他为什么又死了？他抱着什么目的做人？他爱谁？恨谁？他对人类社会、对当前和未来的世界做出多大的贡献，时代失去了他，到底损失多大？……这一连串的问题，使他迷惘，使他悲愤，他不能不使自己化身为屈原，借屈原之口来诉说他的满怀悲愤。另一幅写诗人杜甫听到蓟北收复，高兴地把诗卷和笔向空抛掷的神态，这是写杜甫诗意，事实上也是写他自己在听到把“四人帮”一网打尽时的兴奋之情。这些作品，我以为作者都是在充满激情中创作，而且笔墨技法上又那么得心应手地表达出来的。虽然他自己说，在人物画方面他还在摸索尝试中。

做到“传神”或“气韵生动”，不仅仅是表现手法或基本功的修养，重要因素之一还在于作者必须有创作激情（这就是一位美术教师和一位画家的区别）。热爱艺术，热爱自己的创作，热爱和理解所要表现的题材，只有具备了这些，才能够产生作品的生命力，从而能够把自己的思想感染于人。有一位中年的建筑师在《雀墩》这幅大幅作品面前站立了半天，看了又看，走开了又回到画前，他激动地对我说：“我感觉到大自然的美在迫使画家非用线条和色彩去表现它不可！那森林中蘸绿的水，像隔着琉璃那样的透明中，幻出不寻常的奇妙色彩；密密层层的榕荫和杂树，五颜六色，但统一在翠蓝和石绿的调子上；鹭鸶最美，洁白和矫健的身形把你带进一个只有梦中才有的境界。”他紧拉着我的手，从眼镜隔层透出一圈泪水的反光，他更激动了：“你做过这样的梦吧？我做过。我有时会把我从婴儿直到昨天所遇到过的最美好的景色都集中在一块，变成一个仙境般的梦。等到我醒来时，我长吁一口气，我留恋这个我在现实中从未见到过的境界，我那时就有异常强烈的念头，要求我把印象永远保留下来。可是，天呀！我做不到，我没有绘画的才能。可是在这幅画面前，我却找到我曾经失去的梦。我不是贾宝玉，这‘幽微灵秀地，无可奈何天’也不是什么警幻仙姑带我来的，而是画家把我带来的。”

只有作者被题材迷住了，并且经过反复的构思和酝酿，使他产生“箭在弦上，不得不发”的感情，才能画出一幅激动人心的好画。自然，一个画家创作一辈子，有时也只能产生不多几幅这样的作品。这其中还有技法修养、表现能力以及许多必然和偶然因素在里头。达·芬奇的《蒙娜丽莎》，人间也只是一幅，尽管我相信达·芬奇的每一幅创作总是带着激情去进行的。至于一幅画之所以能引起共鸣，也还需要读者和作者双方都有共同的、至少有接近的环境、生活、修养和感受。你找“四人帮”的那个美术界的代理人去看这幅《雀墩》，只能得出两个字的结论：“反动”！

上面谈《雀墩》，只不过作为一个例子，是不是说，在所有永玉的作品中，它是最美的一幅？不是的。有人赞美庄严的《红荷图》，有人在《秋水》和《鹊鸽水仙》面前发呆，有人在临摹他的白描荷花和白描水仙卷，有人对他的《迎客松》流连欣赏，也有人在他的人物画中，最爱《欢喜弥勒》(送给你的那幅小画)……画家只有成功的作品，因为在艺术上，“最美”的作品是不能凭一幅一幅画比出来的。

提出贝多芬的乐章是不是西洋音乐？那么简单地回答说“是”就可以了。从永玉的作品所采用的技法(线条、笔墨、构图和散点透视等等)是不是传统的国画技法呢？这值得讨论。他的主要工具——是“文房四宝”(纸、墨、笔、砚)，也是中国的传统工具，他在技法方面基本上继承了中国传统的勾勒（白描）、皴擦、晕染和泼墨等；可是他发展了这些技法，他在纸背上用排笔烘染墨色，以托出画面的色彩，这种方法在宋元以来画绢本工笔人物花鸟时是常被采用的，只是不用墨，而多用粉或青黛。至于用大排笔作画，是传统的壁画中常见的方法，永玉不过把它应用到纸上罢了。大家知道，永玉的画是各种颜色都不拘一格地采用的，虽然基本上是中国画的水墨、花青、赭石、朱砂等，但是他也用广告画颜色、日本的透明颜色……是不是这就离开了中国画呢？我告诉你一个秘密：白石老人晚年画画，他用的"西洋红"，一般只是马利工厂出品的小牙膏筒挤出来的（可是他老人家故弄玄虚，在他的"润例"上写着"洋红价贵加倍"等字样）。水彩色和广告画颜色只要起到丰富和发展我们的色彩的作用，我们为什么就不能应用？

问题是对待当前的中国画应当采取什么态度？一成不变地走四王、石涛、八大……吴昌硕和任伯年走过的道路呢，还是按照文艺发展的必然规律，在此时此地的条件下，从技法、风格、工具等各方面都吸收和消化民间的、外来的、新的和有益的养料，使国画得到更多的营养和更光辉的发展呢？

永玉并不是国画改革的先行者，从清末到50年代初期，早就有人从各方面试图突破旧国画的框框，使之适合时代的要求。20世纪初的岭南画派首先从日本移植了些光暗渲染的西洋技法；徐悲鸿、陈师曾把时装人物画在宣纸上，收到了很好的效果；丰子恺是用国画笔法画抒情画和漫画的；陶元庆用国画的情调试作装饰画和油画；蒋兆和的水墨人物画强调了脸部光暗的皴擦；李可染的山水则更注意光的变化；关良的戏画是国画的水墨情调和欧洲现代派形式的结合……林风眠则是更进一步把欧洲现代流派的光、色、构图等等，通过中国画工具，创出了他自己的艺术道路。永玉只是在前人和同时代人的启发下，适应时代的要求和自己的兴趣，去进行他自己的尝试而已。

石涛说："笔墨当随时代。"现代科学对各民族的画家都提出新的要求，中国也不例外。永玉画水墨荷花，却用淡墨在背景上染出水光，染出花瓣在阳光中的变化，这并没有"损害"中国画，相反的，他增强了水墨画的气氛租笔墨的效果，增加了美的感受。黄大痴和倪云林在元代画坛中一变宋画的面目，表现出崭新的时代风格；石涛和八大山人在清初画坛中表现了新的风格和新的技法；任伯年、吴昌硕在彼时彼地也创出了突破古人框框的风格。艺术总是要求人们在不同的时代中一面继承传统，一面还要突破传统，创造出一个时代的艺术面貌。中国绘画到了唐朝之所以形成一个灿烂的时代，之所以产生吴道子、王维、阎立本、李思训、韩斡……这些大家，难道不正是在不断地吸收外来影响，不断地丰富传统技法的结果吗？

记不得是谁说过，一个艺术家需要有一张贪婪的嘴和一个强健的胃。很难说永玉的画是从哪里来的，古今中外，民间的与民族的，只要他感兴趣，他都要放在嘴里，经过一番咀嚼，然后通过消化器官，掺入唾液胃液肠液，精华被吸收为自己的血肉，糟粕被排泄掉了。因此我们很难具体指出，永玉的作品是从哪一家、哪一派出来，他完全反对文学艺术中对古人和外国人的毫无批判的硬搬和模仿。可是你也会感觉到，他的变化多端的技法，许多都是似曾相识的。《天问篇》、《杜甫》等巨幅作品，叫你想起唐壁画的气魄；《秋水》、《鹊鸽水仙》等构图和用色，则仿佛是宋院画的滥觞；那幅金黄色的荷花，又似乎是马蒂斯以后那追求强烈的光线和色彩表现的欧洲画派；《白描水仙大卷》把小植物放得很大，设想上是受亨利·卢梭的影响吧，而用笔的谨严和准确，则该是武宗元、李龙眠的体系了；他画的猫头鹰，简单的色调和放纵的用笔，我们可以从民间版画中看到迹象；至于《雀墩》、《辛夷花》和几幅横幅大荷花，则又是唐宋壁画和现代欧洲绘画的结合。

十多年来，永玉生活在不到八平方米的一间破屋子里，这里既是他唯一的工作室，又是书房、会客厅、饭厅、起居室和贮物间。这个地方从前叫“罐儿胡同”，“罐”也可解释做“罐头”，人挤在小屋里，就像罐头里的沙丁鱼，塞得满满的，永玉就叫它做“罐斋”。起初他觉得非常痛苦，这地方怎能画画呢，连一张画案都没地方放，而他那时正想创作大幅的国画作品，这怎么办？俗话说得好，“尿憋不死人”，永玉忽然想起了他小时候在福建泉州流浪时看到一些画“庙子”（壁画）的民间老艺人在墙上作画的形象。他面对着朝南的一堵两米多宽、两米多高的破墙，他高兴极了，连忙把毯子钉在墙上，然后用夹子把四尺平方的高丽纸夹在毯子上，他开始用画壁画的方法站在地上作画；后来发展到四五米长的大画，也是在这块小破墙上一面画一面卷，随卷随画地完成的。我曾开玩笑地说，这是“五千吨船台造十万吨船”。大家知道，一般的国画家都是俯身按纸，在画桌上作画的。但是我们却不大知道在唐宋以前，画家们都是在墙上画画，他们没有伏案的条件和习惯。我们看到现存的巨幅唐壁画（例如永泰公主、章怀太子墓的壁画）线条灵活有力，造型生动准确，这和站立挥笔时悬臂运腕的方法，有很大的关系。永玉的四五米长大画，气势浑厚，笔墨豪纵，这和他继承了我国壁画的创作方法，是有很大关系的。

此外，永玉的国画，是从多种绘画风格中取得借镜的，而形成他的风格的主要基础则是从木刻版画中来。他本来是版画家，在长期从事版画创作中，形成了他自己那严谨的线形和浪漫主义的构思的统一风格。他有深厚的基本功，特别是在准确的线的表现能力（他的大幅白描画是显明的例证）、严谨的构图和大效果——主调的处理方面。这些版画的基本功，为他的绘画创作做了良好的准备。

艺术上需要广泛地吸收各种养料以充实自己的感受，加深自己的修养，这在我国古代许多画家都已经有很深的领会。永玉有读书的癖好，而且子史庄骚、诗词歌赋、翻译小说、笔记剧本以至于达尔文的日记、张岱的《陶庵梦忆》、袁中郎的文集、《笑林广记》等等，无一不读，也无一不可以顺手拈来，以丰富他自己的艺术领域。他写得一手好书法，劲秀而含蓄的《张黑女墓志》打下了他的书法基础。如果说，永玉的画，还有从我国绘画遗产中接受和发展的另一个特点，那就是他画上的题跋。永玉在他自己的画上爱用文字来加深画的境界，他往往题上一段小品式的短文，说明他自己创作这幅画的意图或对画中境界的描述。这些题跋往往是顺笔所之不加雕饰，可是又十分蕴藉可喜。在永玉的一幅作品中，我们常常发现绘画、书法和文学的巧妙结合，丰富了他的作品的内涵。

不但文学和书法修养成为滋养他的绘画的土壤，他还对音乐有特殊的爱好。从古典作曲家贝多芬、肖邦，到现代派的拉赫马尼诺夫、帕格尼尼、匈牙利的巴托克；从美国黑人歌唱家的缠绵民歌，到程砚秋、孟小冬的京剧片段，也都是他灌溉心苗的细流之一。喂养动物，曾经被“四人帮”一伙列为永玉的“罪状”，可是，作为一个画家，只许他画动物（或者连动物都不许画），却不许他养动物；只许他表现自然界，却不许他热爱和亲近自然界那生机活泼的小生命，这是多么荒谬的逻辑呀！

美和善是统一的，从林彪、“四人帮”时期到目前这整个阶段，永玉的创作，始终是和广大中国人的脉搏紧紧地呼应的。永玉在是非面前，常常是一个按捺不住性子的人，不少作品和传说，都说明永玉的这种个性。“四人帮”被揪出来以后，他画过大量的《四蟹图》[1]，内容是被煮熟了的“三公一母”，茂盛的菊花和象征欢乐的酒具。这大概是少数民族并不怎么对孔老夫子感兴趣的缘故吧，永玉平日并不一本正经和道貌岸然，相反，他的性格和表现在他的作品中的风格，都包含着爽朗和幽默感。你是深知他的，他能够说恒河数沙的笑话，他的笑话叫你笑痛肚皮。

尽管唠叨了半天，这封笨拙的信也还说不到百分之一要说的话。比如说，专门讨论一下他的构图方法，以及他的亲属和师友们（例如上面提到过的他的表叔，以及他早年遇到过的弘一法师——中国近代美术的拓荒者李叔同先生等）对他的影响等等。

在中国，像你所知道的，还有不少老一辈的以及和永玉差不多年龄的优秀画家，还有无数年轻有为的画家，他们生活在这个波澜起伏的时代里，他们的创作都给予人们跟随时代节拍的激动或静止的享受。我这里单单提到这个土家族的造梦人，是因为你对他更熟悉和更了解。我在这里只是“抛砖引玉”，我知道你对他的作品，一定有非常深刻和中肯的意见。

---

① 《四蟹图》是根据1976年10月，北京市民在菜场上争购挂在钩上的“三公一母”螃蟹，以庆祝江青等四人被捕为题材的作品。

生命之歌

(一)

唐代青原唯信禅师，一日谓众僧曰：

“老僧三十年前未参禅时，见山是山，见水是水。及至后来，亲见知识，有个入处：见山不是山，见水不是水。而今得休歇处，依前见山只是山，见水只是水。”

禅师然后发问：“大众，这三般见解，是同是别？”

——《五灯会元》卷一七

一个真正画家的心路历程，“这三般见解”，是“悟”得的。

看到了山和水，画家和众人一般，都会引起美感，不过画家想通过一定的艺术手段，把它表现出来而已，那时画家和众人一样：“见山是山，见水是水。”客观的山水（境），和主观的头脑（心）是各归各的，只是用心灵去感受那山水。倪云林说“我初学挥染，见物皆画似”就是这个层次。等到对山水“亲见知识”多了，领悟渐深，便“有个入处”，突破了境是境、心是心的对立境界，“心”和“境”逐渐合一，那时山只是自己心中之山，水也只是自己心中之水。那时表现在画面上的，就是“见山不是山，见水不是水”，是什么？是画家的心灵与外物的交融。

由于每个艺术家的心灵感受不同，于是外界事物（境）对于每个心的触动也各不相同。凡高在作画时“见山不是山，见水不是水”，他只是偶借山、水、向日葵、鸢尾花去表现他心灵中感到的光和色，于是形成了凡高作品的特殊风格，而凡高更在追求返朴归真的、世外的光和色。

中国画家具有东方的特殊思维方式，倪云林在上述的两句诗之后，继续叙述他对绘画的理解过程，最后他也弄不清楚自然界是真实存在，还是他的画是真实存在，于是他向他的和尚朋友方崖禅师请教：“为问方崖师，孰假孰为真？”（《论画呈方崖师》）。云林是早年学道，又饱经世故，对艺术有湛深修养的艺术家，他不认为自己的初期以后的作品只是“见山是山，见水是水”地“写形”，倪云林说“仆之所谓画者……聊写胸中逸气耳”（《题画竹》）。

张大千承认人的外界感受与技法修养能创造出比现实世界更美的世界，所以他认为画家就是“上帝”。黄宾虹也说：江山如画这句话，就是说江山本不如画，只有美的江山方被称为如画。这都是“见山不是山，见水不是水”的极好注脚。按照唯信禅师的说法，这般的见解也只是个“入处”，就是说，画家对艺术的领悟和修养，这仅仅是个入门。此外，还有一个层次，即“依前见山还是山，见水还是水”。艺术上的“心境合一”，并没有抛弃“境”（山、水等等实物）。“境由心造”，也得先有个“境”，然后能造出本来虚无的“境”来。因此，唯信禅师说“见山不是山，见水不是水”时，已经承认有“山”有“水”，所以当到第三个层次（似乎不应说“第三个阶段”）——“得休歇处”时，那时画家笔底下的山或水，是抛开了“心”和“物”（或“境”）之间的对立，你说画家的心灵化为山水也可以，说山水变为画家的心灵也可以，已经达到无执著的境界。而山水的本质的、纯我的、最真实的品格，就突然出现。这和第一个层次的“见山是山，见水是水”的认识或理解，有深浅分明的区别。这包括绝对否定和绝对肯定，既是“同”，又是“别”。但绘画到了这个境界，也只是唯信禅师所说的：“得休歇处”——是个“歇脚站”而不是“终点站”，绘画与“禅”一样，都没有终止。

画家对艺术的追求历程，有时要经过强烈的、辛苦的跋涉求索，才能了悟，其中甘苦，画家是“得失寸心知”的。但也有一辈子停留在一个阶段上，上进不了的，这有许多因由，懒惰等等之外，驽钝也是一种障碍。

（二）

和黄永玉兄相交，是在40年代末，算起来也已经好多年了。人往往像浪子乱掷金钱那么浪费光阴，等到老年，花得差不多了，才惋惜那“逝者如斯夫”，于是只能赶快从回忆中捡回哪怕很少的一点痕迹。

众所周知，50年代以前，永玉是一位很有才华的青年版画家，50年代初，他从香港被邀到北京中央美术学院版画系教学。在香港,他就从事过许多文艺方面的活动,编过报纸,画过漫画,写过电影剧本……在北京早期,很少有人知道他除了创作《阿诗玛》这一著名的木版水印插图以外,他还是个"多面手"。但我记得很清楚,有一次他和梅溪从云南西双版纳那个风光极美的地方回来,却惊人地拿出一批水彩、粉彩、速写和大幅油画创作找我和郁风去看,使我出乎意外地发现永玉这个"飞跃"。这个时期,我记得是许多知识分子通常说的"遭到一点麻烦"的时刻,永玉为什么会在这个时候,在创作上"全面开花"? 我不太清楚,很难说这像飞花落在水面上那么"偶然",或者说像锤子锻铁会喷出火花那样"必然"。

打那时以后,不少朋友都"多病(?)故人疏",难得见面了,出远门、下乡、下厂、下连队,接受工农兵的"再教育"。永玉也去过大兴安岭伐木场,创作了一批版画之外,还和场长养的大狗熊交上朋友(几乎要把它带回北京养在家里)。另一次是去东北通化县参加"文化下乡"活动,他在文娱晚会上单独表演,双手穿上一对长靴,成为另一摔跤人的两只脚,弯身到地,脑袋罩在大褂里,背上驮两个面对面的假人上身,每人衣衫的两只长袖和对手的互系着。一个人的动作看来像是两人在揪推、旋转,跌倒又起立,都在施展浑身架数要把对方摔倒。最后,他从大褂里钻出来,一付正牌丑角的模样,向观众鞠躬,一头大汗,满身尘土。他的精彩表演,赢得了满场热烈的喝彩掌声。在农村,他发现"巴克夏"种公猪在猪群中属于超级权威,以其品种的优势拥有猪族的极权。那时，他没有画画，但回来后手痒起来，开始画以“巴克夏”为题材的“寓言”。在“文革”中，让红卫兵伤透了脑筋的，是研究“巴克夏”的“矛头指向”。

亚当吃了智慧果以后，人类就产生一种疑惧心理。打红卫兵勃起那个时候，诸亲友好都更加自觉地不相往来，以避免说不定来自哪一方面的困扰。永玉却处之泰然，男女老幼、亲友学生，只要他想来往的都“百无禁忌”。我那时正在处于一种“极不方便”的地位，永玉常到我这个右派分子家来这回事，当到英雄们给他算总账时，这自然也是一条。

即使到了比“下戒严令”还要可怕的“文革”初期，永玉还有胆子送一条鱼到我家里来，并且像讲故事那样讲他在学校操场上遭遇上患了某种“狂性传染”的人们的皮鞭子，他在无可奈何当中(他说：按照他年轻时的脾气，早就和他们“拼”了的)，一面默数着鞭数，一面在告诫自己：老子叫一声痛，便是狗养的！

而我那时，却活像一个马上就要处决而尚未公布的犯人，口将言而嗫嚅，终于鼓起勇气告诉永玉：过几天，我怕就要被“点名”了，咱们今后少见点面会好些。这话令他表情一呆，紧握了一下手，说句“保重”，就分手了。

烂柯山的砍柴人才看了仙人半局棋，斧子的木柄已经腐朽掉，时间过了百年了。“文革”这场梦，也不过十年。在一个中午，那是我已获准回家以后一个午睡的美好时刻，永玉——

差不多七八年不曾见面，居然在我睁开睡眼时出现在我眼前。我正在感到“相对如梦寐”，他二话没说，就非拉我立刻出门去看他的新创作不可。我糊里糊涂地答应着，在门口跨上我刚领回来的被没收的“遗产”——那部破脚踏车，谁知腿脚不听话，第一次重新骑这宝贝，从左边刚踏上去，却从右边摔了下来。这件事后来给永玉当笑话讲了一百回！

那次真叫我吓一跳，这不是他平日的版画，不是油画或水彩，而是巨幅的、用宣纸毛笔的中国颜料水墨创作，有花鸟，也有山水，传统的工具和传统的笔墨，但却打破了传统的格局和色调，在一幅四米多宽的重彩荷花面前我默想了好久。我给那浓黑衬托出来的金翠、浅绿和殷红迷住了，这好像在中国画中很熟悉然而显然是没有见过的风格，是怎么从永玉的笔底幻化出来的？他又摊开一幅线条勾勒的黄山图，竟然有六七米长，是当时铺在山边石上的写生。其他大大小小的荷花、玉兰、水仙……至今还深印在我的印象中。

永玉这一次怎么会来一次奠定其后创作道路的、划时代的“突破”？这是基于什么动力？是“渐变”到“突变”的必然阶段？还是强烈震撼的反弹力？我还是像1957年后，看到他西双版纳回来的“全面开花”一样，感到迷惘。

澳大利亚一位历史学家曼宁·克拉克，几年前写过一篇文章，说的是澳大利亚土著诗人凯瑟·奥克到中国访问的一天，忽然对同行的作者说：“曼宁，我又怀孕了。”曼宁懂得，中国这片土地对诗人引起了内心的激情,她要写诗了。

画家也要怀孕的。

一种是创作一幅作品时的怀孕,这同诗人一样,每一首诗和每一幅画,都是文艺家心血的部分。另一种是画家经过长期苦闷,经过多次“阵痛”,将要产生新风格的怀孕。画家创作到了一定时期,不满意自己的定型风格(这种风格甚至已被大多数人承认,例如永玉的《阿诗玛》),画家逼着自己进行艺术上的自我否定,力求“变法”。这种怀孕是更辛苦的,不是“十月怀胎”,而是几年、十几年的辛勤积累和艰苦酝酿,还得忍受许多“阵痛”的考验。这就使我们回到开头唯信禅师的启示:由见山见水到见山水不是山水,其后“依前见山是水、见水是水”的几个回合。

永玉画荷花,大约在“猫头鹰黑画事件”前后开始的。

先是,在“文革”后期永玉替朋友在一本册页上用墨线画一头猫头鹰。他了解猫头鹰在睡觉时十分警惕,总是一只眼睛休息,一只眼睛睁开的。猫头鹰这种性格十分好玩,永玉是以艺术家的幽默感去选这个题材的。不料竟然有人向“上头”告密,说这是黄永玉有意骂我们可爱的政府,骂我们尊敬的江青同志“眼开眼闭”。

于是在“黑画批判”运动中,永玉这幅“猫头鹰”也居然列入光荣榜首。画被打上“黑”印了,生气吗?生气顶个屁用!还是鼓足劲儿去玩、去画画吧。恰好西郊有个地方有一片荷池，一个朋友就在那里当“逍遥派”，永玉便经常到荷池去赏荷。我看过他那时数以百计的线勾荷花小稿，由小稿到墨线小幅，然后四五米长的大幅白描，然后是着色荷花。最初是大片着色，细笔勾勒，其后越画越撒开手脚，有时候简练到几笔浓墨画出荷梗和荷叶，几笔红色涂出荷花，有时用油彩绘在油画布上，也同样是舍形取神，得心应手。舍形取神，是他心灵的结果，而得心应手，则是他勤奋的报酬。“看似寻常却奇峭，成如容易最艰辛”（王安石）。

唯信禅师说的“有个入处”，一般说来已是不易；待到“得休歇处”，尝着了甜头，有些人就索性躺下“休歇”。永玉也不知从哪里来的强烈生命，“休歇”在他是相当短促的。不久以后，他又撇下花卉去搞人物画，一丈多长的屈原画像，把那个憔悴而倔强的诗人奋笔问天的悲怆心态，用粗放的散发和浓调子的红袍来表达，叫你想到贝多芬一部大交响乐的效果。其后他又画过许多人物画，一次又一次地突破。直到今年 1 月，我在香港看了他那一百多幅《水浒》人物，无论造型面貌、神态动作，又都进到另一个新的“入处”。

说他有强烈生命力，主要是说艺术生命力。

日本的前辈美术史家金原省吾说，唐代吴道子画，有一种“逼力”，就是说：他的作品对你有强烈的触动，通过线条和色彩，使你也感到生命是活泼泼地在你面前。有如抗日战争胜利之际，通街人都如醉如狂，都跳舞高歌，这种力量，会“逼”你也和大家一样，尽量发泄你当时的感情。

和永玉做朋友，有时使你感到气喘。几个月不见，忽然在报上看到他的诗集《曾经有过那种时候》获得了《诗刊》的全国新诗评比第一奖。又好几个月不见，他的寓言画册《罐斋随笔》等四本在香港出版了，获得了海内外的赞扬。又过一些时候，意大利使馆来个请柬，由于他的作品在意大利展览，他获得了意大利政府的骑士勋章。又过一些时期，《新观察》杂志发表出一组连载《吴世茫论坛》，连我们最钦敬的前辈夏衍老人，也由衷地称赞这位自称"老汉我"的作者。这种来势汹汹的"十八般武艺"，真叫你应接不暇。

我常说：神仙中最恶毒的莫如太上老君，《神仙传》里没有说他把多少生灵扔进过炼丹炉里去（这可不是闹着玩的）；可偏遇着"俺老孙"——孙行者，他不但没有化为灰烬，还越炼神通越大，炼就一双金睛火眼。可见，几十年来，江青之流，也"培养"了些人才！

黄永玉，就是这么一个古怪的湘西土家族人。

（三）

1985年，我跟着沈从文先生夫妇和永玉夫妇一起去过土家人和苗族人的家乡——湘西凤凰。这次是我印象极深的一次旅行。

沈先生是永玉的表叔。打个比方说：永玉如果是说了谎话就会鼻子长的皮诺乔，那么沈先生早年就是那好心的蟋蟀。这位表叔早年就很喜欢这片“荆山之玉”(这引起我想起小时看过祖父遗下的一对吴让之写的篆书小联：“幽兰怀馨，荆玉含宝”)，对永玉十分关怀。是40年代吧，永玉还是一位初露头角的木刻家，沈先生就写了一篇近万字的长文发表在天津《大公报》上，和永玉讨论木刻版画。1980年，沈先生几经修改，重新发表这篇文笔，是我拿到香港刊出的。沈先生还给永玉写过许多长信，全是论美术和说心里话的，可惜多少次劫难，这些信便无法保存下来。永玉每次谈起，就会心情沉重。

可是永玉从了解到敬重表叔，还是打他十几岁离开家乡到福建流浪的时候，读了沈先生许多著作起头的。50年代以后在北京，沈先生的心情愉快的时候，会到永玉家用故事和糖果逗着永玉的儿子黑蛮和女儿黑妮玩个半天；在心情沉重时，也会到永玉家用厚眼镜隐藏着泪水，像安慰别人一样自言自语：“事情会好的……会好的！”

沈先生笔底下写的湘西，风土人情之美，美得醉人，现在虽然情况变了些，森林、树木少了，但淳朴粗放的民风如故。永玉是具有较典型的凤凰人性格的，他们都爱憎分明，“我有不平孤剑在，问君谁是负心人”。

永玉爱他的家乡，家乡奇秀的山和水孕育了他，家乡朴素的风土人情，常常在他的画里变相出现。叫沈先生听了就老泪纵横的湘西地方戏——傩戏的唱腔旋律，有时也在永玉画的山水和人物中出现。“美不美,江中水,亲不亲,故乡人。”华夏文化这个根子,是叫人无可奈何的。

晋朝的顾恺之,有一次把自己一木箱子精心杰作,贴上封条,签了名字,托朋友给他保管,朋友从箱底下敲开木板把画偷去。后来顾恺之看见封条没动,画却丢了,他叹口气说:“妙画通灵,变化而去,如人之登仙矣!”

永玉可不像顾恺之那么呆,不信你偷他一幅画,他会出动苏格兰场侦探去把它找回来的。但在北京,几十年来每家人吃饭都少不得的粮票,要是梅溪不在家,他就不知道怎样去领和如何使用。他自己说:有一天他去粮店买挂面,店员除了收款之外,还要收粮票,这弄得永玉摸不着头脑,好容易回家翻箱倒筐找出粮票,也不知一斤挂面要多少票,就全部放在柜台上让店员去挑,店员挑了半天,摇摇头说,你这粮票全是去年的,作废了。弄得他只好到隔壁去借,挂面才算到手。

说起梅溪,我只模糊知道这个广东妹和土家青年是抗日战争时期在江西认得的,还经过像电影镜头般偷越省界到曲江的惊险追踪,然后又终成眷属的。时代列车的进行越是颠簸不平,爱情把他俩越黏越紧。梅溪的文艺细胞不下于任何人,她写过几本动人的儿童读物,受到过好评。70年代在黄山,她画过一本水墨的《黄山写生册》,还受到刘海粟老人的赞扬。现在,听说她又在作画了。这一家四口——连同黑妮和黑蛮,都和艺术结缘。可是梅溪,永玉这个后台主任,为了永玉的创作，她除了担负着沉重的家庭担子之外，还分担着永玉一半的忧患。永玉那本得奖的诗集《老婆呀，你不要哭》，是用爱情点着泪水，在那坎坷的“文化大革命”时期，奉献给他那默默无言的妻子的。

大约是三四年前的事，永玉同梅溪从外地回到北京，他带着梅溪开动他自己那部机器脚踏车，开到西长安街，红灯亮了，车停了一下，绿灯一着，他就风驰电掣般骑了出去，一面还和以为坐在后座的梅溪说：“好久不骑，这车子好像轻多了。”但后面没有答话，一看太太不见了，这一吓非同小可，以为梅溪肯定是半途堕车了，连忙掉转头去找，一路不见形迹，使他浑身冒汗。后来才发现，原来停车的交通灯附近，一大堆人笑着在看等人的梅溪，这才想起红灯时梅溪下了车。他自己一时大意，以为梅溪还坐在车上，所以绿灯一亮就开跑了。

朋友都知道永玉很喜欢他家里的沙皮狗“支诺”，支诺养了不到半岁就身躯雄壮，吠声如豹，很是威武，并且很听主人的话。有一次，永玉半夜回家，发现两个小偷正在楼下偷东西，永玉急放支诺下楼，意思是让支诺露一手给街坊看。支诺和小偷碰个正着，但它摇摇尾巴，嗅一嗅那家伙，吠也不吠一声，就上它的“洗手间”去了。原来永玉训练支诺上“洗手间”要下楼，却从来没有训练他下楼捉贼这一套本领。

永玉虽然不像顾恺之那样丢过画，但他有一次却心甘情愿地白送掉一幅画。那一次，他经过西城鸟市，看见一个卖鸟的笼子里有一只鸟，羽毛特别漂亮，唱声也婉转动人，是他没见过的。永玉急于要买，这人也会开价钱，要一二百元。永玉说：我身边没现钱，这里有我一幅小画押给你，明天我取钱赎还我的画如何？那人勉强答应了，还不肯连笼卖，借来一个盒子把鸟放在里面，用绳子捆好交予永玉。永玉回家向梅溪大夸得一好鸟，谁知打开一看，却是一只跛脚又独眼的画眉。

记得捷克那位叫做米兰·昆德拉的作家，曾经说过这样一句名言："小说的智慧跟哲学的智慧截然不同，小说的母亲不是穷理尽性，而是幽默。"我想，小说以外的文艺创作也是需要这个玩意儿的，幽默是智慧的派生。

永玉是笑话大王，他可以在同朋友谈天中连续讲100个笑话，但这只能说明他的个性和生活爱好，而并不能说明他的创作是从他平日积累下来的笑话中产生的。不管是《罐斋新记》、《吴世茫论坛》，或是他笔下的《水浒》人物，都不是照搬他讲过的笑话，因为幽默不是廉价的滑稽，而是让你眼泪向肚里流的一种快感。

永玉从来不给自己的作品作任何评说和解释。前几年，国内刮起一股国画的传统和革新的争论，几乎各地的画家和理论家都纷纷各抒己见。只有永玉不去注意这些讨论，他说：最雄辩的理论是拿你的作品让人看。

的确，近年来大门打开了，全世界各种流派的艺术都冲进神州大陆来。作为现代人，美术爱好和审美观念都在变，画家自己在变，观众的眼光也在变，你想挡也挡不住。怎样变法？没有固定的模式，各人的经历、学问、感受不同，自然应当按自己本人的感受、爱好、方式去构成自己的风格，然后由观众去选择。单纯从理论上讨论中国画是不是穷途末路了，新的中国画是否应当走西方现代派的道路等等，是没有意义的。创作，首先是最充分地表现个性的活动。

永玉的画风接近谁？这个讨论也是多余的。

《世说新语》记下东晋桓温和殷浩一段绝妙的对话：

> 桓公少与殷侯齐名，常有竞心。
>
> 桓问殷："卿何如我？"殷云："我与我周旋久，宁作我。"

不用说，谁都没有像自己那样，得跟自己"周旋"那么一辈子。只是很少人从这个角度上去想问题而已。

"宁作我"，在永玉看来，这是个并不费解的"当然"。

永玉读书多而且杂，古今中外，像个馋汉，海味山珍、咸鱼青菜进入了他的胃，一经消化，便成为他的艺术营养。音乐也一样，从家乡的傩戏到孟小冬、程砚秋，从摇滚乐队到柴可夫斯基、贝多芬……从罗浮宫的藏画到毕加索的创作录像，应有尽有。在艺术吸收上，真是一个张着大嘴的饕餮。

有一个强大的胃去吸收和消化，作为一个艺术家是值得羡慕的。

"宁作我"，这句话也不是轻易说得的。

（四）

永玉于1990年初在香港举办他的新作展览，这又给朋友喘一大口气。

根据大乘佛教的教义，“涅槃”意指解脱，“进入涅槃”就是指“自我”消灭，并由此而进入一个新的生命——在“真我”亦即“无我”中生活。涅槃并不是消极的“了结”，而是真正生命的开始。

对于一个画家，每进入一个阶段，举办一个自己划时代的展览，亦即对他的艺术生命具有重大意义的“涅槃”。

由于隔得远，无法事先看到他的新作品乃至于这一本画册。他到底在走哪条路子？是我去年看到的2×2米大幅的，色调构图简单而对比强烈的《红荷》那种现代感强烈的大写意路子呢？还是设色绚丽浓重中显山沉郁，在“文革”末期那个基调上重新来个飞跃呢？还是像《水浒人物图》那样气韵生动，生命力活跃呢？还是《东坡曝书图》、《田子方》、《宋元君画史图》等气势磅礴、笔触毫纵的风格呢？是书画结合，意味深远的山水、花鸟、人物的发展？还是突然又回到他木刻的老路？……

乱猜当然像买奖券，头奖肯定不是我能中的。

但是涅槃首先要有个“自我”，没有一个原来的我，何来涅槃？所以以上我的猜想，按说即使全都不中，也有中处，那就是新风格总是从旧风格中突破出来的，这种突破，是植根于旧的风格上的。齐白石衰年变法，但始终还看得出齐白石早年的华彩。禅和子有个话头："万法归一，一归何所？"如果"万法"是出自画家心灵对外物的感受和技法的变化，那么当然归之于画家自己统一的风格。石涛《画语系》开宗明义的"一画"也就是这个意思。而"一"的归结，按照禅宗的说法是"无"。在禅中，认识到绝对"无"，就是认识到人的真我，这就可以领会殷浩那句话的厉害："宁作我。"只有悟到了"我"，"一"才有所归。"上帝"对摩西说"我是自有"，也即石涛所谓"一时捧腹日：我自用我法"。

这次的展出以及这一本画册和以前的作品肯定的不同是，新的环境必然给创作以新的激动。这几年，他到过美国、法国、意大利、日本、澳大利亚……吸收消化力强的人会把西方的东西变为东方的、自己的。但如果眼界不开，吸收、消化力是不起作用的。在这一点上，可以说"无色声香味触发"就"无眼耳鼻舌身意"。

60年代初，有人问毕加索为何不到中国走走？毕加索说："我因为知道中国艺术会像磁石一样吸引住我，如果我到中国，我的绘画会有一个突变，可惜我老了，怕没有精力承受这个给予了。"永玉虽然年过六十，但这个土家人似乎还有发挥不完的精力。

至于一位画家的"迁想妙得"，则是再高明的"精神侦探"也是难以捉摸的。顾恺之画裴楷的像，颊上添三根毛，"看画者寻之，定觉益三毛，如有神明，殊胜未安时”（《世说》），他把谢幼舆（鲲）画在岩石里，人问所以？顾（恺之）曰：“谢云：一丘一壑，自谓过之，此子宜置丘壑中。”永玉常常有出人意外的奇想（“悟”），他希望将来有一种像可口可乐那么方便的饮料，使神志清醒，贪鄙、自私、残酷行为……饮了之后都自动从头脑里清除，人类从此成为善良动物；希望种子改良，每一粒谷实足够人类一顿饮食。他希望人类有一种像“风火轮”那样的“代步”，穿上之后，从香港凌空出发，半天就可以回湘西凤凰去吃中饭，然后下午可以抵达巴黎去参加玻璃罗浮宫的酒会。他希望上帝吸取了亚当和夏娃的痛苦经验，重新“创世”时，智慧果中不带罪恶的汁液。生儿育女永无痛楚夭殇，任何枪炮毒瓦斯、核武器永远失效……如果说，永玉这些想法是我捏造的，那么他至少有一条想法是真实的，希望毛泽东主席的纪念堂不要建筑在热闹中心，希望他老人家的灵寝不要有升降机设备，以免各种嚣杂，而应当迁葬在西山高峻安静之处。

永玉的新作，我想应当有类此的“迁想妙得”，可是是什么表现形式？我猜不中。

永玉曾经给我看过一篇古文，记得是说张华写海。文章说：张华先写半天，写不好，朋友说应加写风、写日月出没、写山、写陆地、写舟船——写了周围，海自然就出现了。

比起张华写海的能耐，我这篇文章当然是相形见绌的——“烂脚法师鹦鹉禅”。

读《避暑山庄三十六景》

——兼谈李一氓同志

李一氓同志近年出版了好几本介绍我国先代版画的书：《陈老莲水浒叶子》、《西湖十景》……最近，《避暑山庄三十六景》也由人民美术出版社刊行了。

李老谈到他近来的藏书说：小说，戏曲是很有限了(指“文革”期间受到损失)；词，放手收；“版画偶有绝品”(《一氓题跋后记》)。其实，自从郑振铎、傅惜华故去以后，专门收藏和整理古代版画的，目前李老应是第一人。当然，不经过这“十年浩劫”，李老可能还不算第一。

《避暑山庄三十六景》(原名《避暑山庄诗图》)，是描写清初康熙皇帝经营了多年的这座塞外别墅承德避暑山庄景色的版画集。用笔工整明细。为了适应镂版的特点，画家沈喻大量使用“牛毛”的细笔皴擦，使画面清晰，层次分明，木刻家朱圭、梅凤裕，更能精致地通过刀法，表现画中情调。如果说：《耕织图》是清初殿版人物版画的代表作，那么，《避暑山庄三十六景》则是殿版山水版画的代表作；两者都是朱圭和梅凤裕合刻的作品。

《避暑山庄三十六景》的画者沈喻，是康熙时的内务府司库，是一位不很有名的宫廷画家，大概由于隶属伺候皇帝的内务府的关系，得以出入避暑山庄，因而有机会详绘当时禁苑的实景；同时他又是一位御用画家，他的画风只能局限于法度谨严的“四五”一路，所以看来用笔略近板滞，虽然在构图上，“三十六景”还是变化多样，看得出作者是苦心经营和匠心独运的。至于木刻家朱圭，由于在江南刊刻画像有名，以后一直都任宫廷刻工。他在康熙初年为河南画家刘源（伴阮）刻过《凌烟阁功臣图像》，以及为山阴画家金史（古良）刻过《无双谱》这两部著名人物画册后，康熙三十五年，焦秉贞的名作《耕织图》是朱圭和梅凤裕合刻的，他和梅第二次合作的《避暑山庄诗图》则已是康熙五十年的事；朱圭那时，至少也在七十岁左右了。

朱圭还在扬州参加过曹雪芹的祖父曹寅为康熙皇帝刻《全唐诗》这部九百卷巨著的工作，曹寅在康熙四十四年十二月呈给皇帝的谢折中，提到《全唐诗》将近完成，“又蒙恩赐《高曼寺诗》，朱圭现债刻，俟竣工之日，装潢进呈”的话。由于多年为宫廷效力，最初选入养心殿供事，后来授以“鸿胪寺序班”（遇有接见外宾或丧礼活动时管百官排列班次的小官）的职衔。

我国是版画艺术出现最早的国家，自唐以来，有极其丰富的版刻艺术技法，足供今天从事版画工作的同志借镜参考。可惜公家所藏，目前还没有或无人想到如此系统地整理介绍。一氓同志把他自己偶得的“绝品”刊印出来，古为今用，特别是传统文化遭到“横扫”以后，这位老人的一片苦心，令人感动！

一氓同志今年八十多岁了。老人的一生是颇具戏剧性的。翻一下《郭沫若年谱》（天津人民出版社版），1926 年 6 月，郭老在广州，“与阳翰笙、李一氓（民治）约定参加北伐”，7 月 20 日，参加四川革命同志会为郭老举行的北伐送行会，“同被欢送的有朱代杰、李一氓等人”。21 日，从广州随军北伐，任政治部宣传科长兼行营秘书长，李一氓任秘书。1926 年 9 月 9 日，“与李一氓、朱代杰赴汉口”，“所负的使命是要扩充革命的认识和革命的气势，来镇压周围的敌人”。11 月初，郭老和一氓同志到九江主持江西方面的政治工作。其后，蒋介石背叛革命，郭老发表了著名的《请看今日之蒋介石》揭露蒋岛可反动面目。1927 年 4 月 14 日，“郭老打扮成绅士模样，抵达上海，在内山书店与一氓等接头。晚上在李一氓家见到周恩来，听周恩来介绍了上海的情况”，1927 年 8 月 17 日“郭老抵广昌，由周恩来、李一氓介绍，与贺龙、彭泽民一同加入中国共产党”。这是“八一”南昌起义，郭老同李一氓、阳翰笙、梅龚彬赶到南昌后不久的事。同年 11 月，起义失败后，郭老经香港抵上海，“为加强创造社”，“发动了李一氓和阳翰笙来参加”。据手头资料，这是李老一生中，第一次“偃武修文”的开始，也是李老二十四五岁时参加革命事业的一鳞半爪。如果再翻阅一下《鲁迅日记》，你将看到 1930 年 12 月 23 日，有“夜邀一萌等在中有天晚餐”；和 1931 年 5 月 14 日，有“晚雨。李一氓赠《甲骨文字研究》一部”的记载。而同年 6 月，《郭沫若年谱》还记：“经李一氓交涉，(郭老的)《殷周青铜器铭文研究》由上海大东书局据著者手迹影印出版……”这些点滴资料，就足够说明这位在上海担任党的工作的革命家，早已这样关心文化传统的整理研究工作了。

以后，一氓同志在新四军期间的戎马生涯里，建国后在外交工作的折冲坛坫中，都并没有放弃他的业余爱好。众所周知，解放后的北京琉璃厂，李老和阿英、李初梨、邓拓、田家英等同志，都在不同角度上搜集文物古籍。李老自己说：“假如说‘玩物’的话，我曾经搞过一个时期的书画收藏和鉴赏。过眼云烟，都已交纳公库了……”“但诚恳声明，还不至于‘丧志’”。八十高龄了，他离开了其他工作岗位，但还是担负我国古籍整理出版的指导工作。由“玩票”而“下海”当主角，演了老将黄忠的角色，和“玩物丧志”相去千里了。

北京东城小巷的两个院子，环境清静，略有花木，插架上珍本异籍(目前主要是历代词人的专集和明清版画了)，琳瑯满目，李老手把茶壶，还在不停地点校这“一堆有价值的文献”(《题跋·后记》)，他是在想：即使拿古版画的整介来说，目前还仅仅是个开头，什么时候能集成一本比郑振铎30年代出版的《中国版画史图系》更完备和更有用的中国版画大全来，为后辈的继承发展提供各种借鉴呢？

正如本书序言中所说：300年前在这闲静的避暑山庄观赏着“三十六景”的老康熙，心情是并不闲静的。今天，这闲静的东城院子，主人的雄心，也像以往奔驰于征诛坛坫一样，也并不闲静。

艺术永远青春

——从《朱屺瞻年谱》说起

一翻开新出版的《朱屺瞻年谱》看到在 1957 年屺老游川峡那一段里，记录着 5 月 28 日屺老："与瘦铁、苗子同游顺陵、茂陵、渭陵及霍去病墓。深为霍墓前之石刻所感动，在速写册上记道：'……霍墓石刻，就天然形态，略加人工，朴实可观，与欧洲近代名刻相接近，由此可见美术品可以贯通世界。'"

细读这一段将近三十年前的记载，回忆起初次见到屺老，原来是那年在西安邂逅相逢的。因为画家钱瘦铁是老朋友，朱老和钱老联袂做西安之游，恰巧我也从北京来到那里，所以和屺老就一见如故。相偕访古长安。当时 66 岁的屺老那质实无华的性格，深深印入我的脑海。

后来我曾经记下这个印象，记得有一句话："看到朱屺瞻先生这个人，就像见到一幅宋元画的梅竹双清图。"他的炉火纯青，涤尽尘俗的性格，和他的作品是完全统一的。

屺老今年95岁了，须发如银，始终给人以"温良恭俭让"的印象，古人所谓"飘飘如神仙中人"。正表现的是一位深有修养学问的长者的形象和气度，而由于这种长期的素养，表现在作品上，尽管老笔纵横，但是朴拙浑厚的格调，恰好应着古人"画如其人"这句名言。

屺老幼年时代，由于祖父好书画，富收藏，能作兰竹，以及亲戚长辈的影响，对书画有特殊的爱好，9岁在家塾读书，塾师能画兰竹，于是在塾师的影响下，他开始作画，直到今天，他画了八十多年的画。16岁开始，又得谴的表叔、著名学者唐文治先生的诱导，在治学修养上用过功，所以他虽然出生于清末富商家庭，但始终是一位"洵洵儒者"。孟子说"我善养吾浩然之气"，屺老经过了九十多年的人生甘苦，年近百岁，还是精神矍铄，祥和木讷，孜孜艺事，驰誉丹青，这不也正是得之于浩然之气吗？已故艺术理论家孙福熙先生，曾经这样风趣地说到朱屺瞻"以温雅著名"，手指伸到他口中，绝不咬你。

屺老生于丰腴之家，但是不是没有"经风雨，见世面"；军阀混战，日寇侵略，多次影响到他家的酱园业以及他的太仓、上海老家，产业摧残，家园遭劫。50年代初，从来不过问家传产业的他，被"各处经纪人纷纷以亏空或补交税收为由来索钱款，先生不究所以，所亏款项皆由一己负担，以至书画房产，变卖净尽（一家六口，共居一过街楼小室），竟不以一语怨人”（《年谱》）。屺老对“身外之物”的态度，和他的人生观是完全一致的。说到健康，屺老从小多病，骑脚踏车、骑马都堕河落水过。60岁左右，还患过长期肺病。至于“浩劫”期间，被抄家、进牛栏，从75岁折腾到80岁，才准许不必天天到画院“思想改造”。他的乐观和冲淡性格，使他又恢复了艺术家的故态，偷偷地在家作画。1972年冬，丰子恺先生那时也获得“解放”，曾给屺老题梅竹图，句云：“梅开春不老，竹茂保平安，唯此神来笔，为君驻韶年。”果然，应了子恺先生的话，依靠艺术神笔，屺老在大劫之后，颐养期年，创作精神日健，笔墨变化日神，到了九十高龄以后，述经常跋山涉水，写生作画，举办展览。1981年，北京曾经举行过盛大的90岁画展和座谈会。其后游广东、游福建、河太仓。1983年应美国旧金山市政府邀请，参加有屺老绘制大幅《葡萄园》的国际机场开幕典礼，拜访老友张大千的故居。回程还到日本重访他年轻时旧游之地。不久又和王个簃、唐云等游云南。八四年春到广州，在深圳举办个人画展。是年冬入四川，畅游成都重庆，过三峡，登武昌黄鹤楼。这时屺老已93岁。如果我的记忆不错，去年还到香港开了一次深受香港人士赞赏的个人画展。

是什么力量使这位年近期颐的老人有如此充沛的近乎奇迹的创作欲望和精力呢？

在今年8月中国美术馆举办的《朱屺瞻画展》中，我看到屺老近几年的新作，他似乎又从不断的“咀嚼”或“反恐”中，进入新的境界。这就是把“自缶庐、白石上窥捞叔、青藤自阳，复参凡高塞尚，老年益见泼辣”（钱君匋题屺老1978年《花卉册》）的过程，更进一步为融化上述古今谱家，而形成自己的、前无古人的创作。展厅内许多吸引人的作品中，我在那幅《八荒万里一青天》的山水画前陶醉了半天，那青翠欲滴的山岚，缭绕变化的白云，令人产生清新感，而豪纵老辣的勾勒皴染，则看出一种生命力，画家捕捉住宇宙的一刹那韵美，把自己对宇宙的清新感和生命力，通过这幅作品表达出来，把人带入一个“超脱”的世界。那时候作者自己也不知道哪些笔墨是青藤、白阳，哪些色彩是凡高、塞尚。他只知道用他的手写他的心，从物我两忘达到物我同一，这就构成一幅绝妙的山水画。

《野芋》、《柿子》也都是屺老笔下所表现的自己的境界，这些作品使人感觉到这些现实世界的平凡之物，顿时变为作者与欣赏者共同的艺术感受。屺老自己说：画画“要在表意，意鄙是物。亦即是我。借物表意，表我的感受，所谓画贵写意者”《癖斯居画谭》。屺老的《竹石长卷》，用莽莽苍苍的笔调，如千军万马，奔腾驰骤，在名将指挥之下，阵法俨然，这种气势，出之于两位九十多岁的老人！难道你不相信这是艺坛人瑞？

屺老的作品，既摆脱现实世界，又深刻地表达现实世界，在日伪时代画兰，表示“香风高节”，在今天的时代画兰石，抒发蓬勃的时代气息。“艺术家尽管自己不落封人情世故的圈套里,可是从来没有一个真正的大艺术家不了解人情世故,艺术尽管和实用世界隔着一种距离,可是从来也没有一个真正的大艺术作蕞不是人生的返照。”(朱光潜:《文艺心理学》)在展览会场中,细味屺老的作品,使我得到艺术的“顿悟”。

我常做如是想:人对人生的态度,就像使用照相机的镜头,当你把焦点放在远距离,那近距离的事物就模糊不清,相反亦然。从屺老的生平,性格到他的艺术成就,是统一的,他把整个生命的焦点,都放在艺术创作上,因此,他对于金钱名利、生活享受、个人得失,大都置之度外。这一点,和个别人用“艺术”来追逐名利,钻营高位,借所谓“艺术家的狂放”纵情声色的人,有本质上的不同!

这就是我所找舞的这位艺术老人的生命力。

图文并谬一本书

几十年前看过高尔基写的一篇散文，是记他当时文艺界几位朋友的一些生活小事的，通过这些小事的摘记，高尔基反映出每位作家的性格，从而也看出那个时代俄罗斯文艺的风貌。

记不得他写的是屠格涅夫，还是陀思妥耶夫斯基，说他一个人坐在公园的椅子上，轻轻地对着爬过来的小蜥蜴说："你觉得寂寞吗？至于我，现在十分寂寞呢！"

读这篇短文，至少是在四十多年前的事，但至今印象犹深。

丁聪最近出版的文化人肖像集《我画你写》，是高尔基这篇散文的扩大，高尔础的哥哥（据鲁迅考证）只写了20世纪初的几位作家，而丁聪这本书，共收有中国当代文化人 80 人，文化界的各行各业都有，在数量和范围上都大得多；其次是有图有文，互相补充，互相印证，图文并“谬”。匪夷所思。

这是一本引人入胜的书。丁聪是漫画家，他有一套夸张的独特手法。夸张，即突出人的特点，用白石老人最精彩的话，叫“不似之似，似之”。封面的黄宗江侧面像，妙就妙在那双眯着的眼，以及眼旁向上扬的几笔皱纹，这些皱纹十分夸张，但叫人一眼就看出这是如假包换的黄宗江而不是别人。用齐老师的批语“似之”，但又是“不似之似”；谁能在宗江脸上找出那么多的皱纹？这只是此人用心时一刹那间的神气。

第 91 页的聂绀弩，是画他划“右”后放到北大荒上工劳动的神气，诗人穿的是打补丁的衣服，破球鞋，肩扛铁锹，锹把下端挂一团用手绢裹着的干粮（令人想起他咏林冲的名句“酒葫芦小挂花枪”，明明是“风雪山神庙”的光景），此人左手还夹着烟卷，一面孔倔强而无可奈何的表情。这一点他不像林冲，舞台上的林冲虎落平阳，颓丧中隐藏一股英气，而聂老头则书生落难，只看出对人世的轻蔑和不屑。读过绀弩的作品，再细读丁聪这幅画像（丁聪和聂老，当年都是“北大同学”），不能不说是“神”了。

沈从文先生是我生平所见最有文采、最有学问修养、最有人性和最爱家乡的人之一。画像虽似略胖些，但那娓娓清谈，拳拳道艺的神态是被捕捉住的，眼神和宽额代表了高度智慧和学识，微笑的嘴唇代表了他自信信人、自爱爱人的风度，老人离开我们已有十年，看着丁聪的这幅画，再读对巴老那句“看出他身上有不少发光的东西”，“他还有一颗金子般的心”，不禁有无穷怀想。

这是一本充满幽默感的书。请注意，这80位“文化人”，除了鲁迅先生之外，绝大部分是笑眯眯的，他们为什么那么爱笑？用吴祖光在“自述”中的话：“生正逢时以至此。”邵燕祥在甜笑，眼睛不知找到什么对象（当然他绝对是正人君子）；王世襄眉头皱着笑，可能如他的自述“不怨画师艺不高，只怨天生不潇洒”吧。秦怡的笑很含蓄，也许正如黄宗英在对页上说的，她正在“坦述想望和艰辛”。黄宗江的笑是天真朗爽的，萧乾是一位饱经世故的老人，他的笑带着看透人生的意味。杨宪益是英国绅士式的浅笑，笑得带点醉意和忧伤，是一种“经风雨，见世面”的表情。金克木先生笑得很“有劲”，这正如任继愈先生的话“金公治学，善读兵书者也”，治学如此，对来访求文的人士，也是如此。黄永玉挥笔作画，十分得意，但他不能咧开嘴笑，否则烟斗就要告别齿唇，虽然好友聚谈，他往往顿足大笑，他平日不像杜甫那样“人世难逢开口笑”的。至于郁风（华君武认为神态上应得“最佳奖”的一幅）这样的眉开眼笑是有的，只是她着急起来，这笑就会立刻消失（这是我个人的观察）。华君武、黄裳、韩羽，都不约而同地似笑非笑，但各人都有不同的笑貌和笑的内涵：君武是“反”笑，口头上不赞成某事而心里在欣赏的表情；黄裳是“阴笑”，在书摊上发现一本明刻绝版书或士礼居藏珍本时的表情；韩羽呢，他是正在画成一幅针砭某事某人，而不易被识破的“暗笑”。

至于我本人——其实只能是文化舞台上一个“检场的”，连“龙套”都够不上，也被丁聪拉上来“活祭”，还躺在尸床上笑眯眯地自改悼词，“遗像”也是乐呵呵的，岂有此理？但朋友们都认为“画得很像”。

总之，这票人“生正逢时”，皆大欢喜！

说这是一本充满幽默感的书，不但要欣赏丁聪的“画”，还应细读和画像紧密相连的“写”。各人都有几行“自述”，诸亲好友，又都针对像主的个性或创作特点写几句话，和寥寥几笔就勾出像主的特征一样，十分简练的几句话，不但栩栩如生，而且令人喷饭。例如老舍先生的自述：“生下来奶不足，常贴吃糕干——所以到如今还有时候一阵阵的发糊涂……”婴儿时代吃糕干，长大会发糊涂，假如没有绝顶幽默细胞，是想象不出来的。叶稚珊写金克木，“遇有人来约稿，总是双手抱拳，不住摇头说：‘我的眼睛不好，牙不好，耳朵不好，头晕血压高，年纪大了，身体不行了，已不久于人世了。’同楼的季羡林先生说：他 20 年前就这么说了，估计起码还能活 20 年。”这一描写，给金先生做了广告，“金”先生的“玉言”，怕要再说 40 年咧。冯亦代用两句话写夫人黄宗英：“70 岁的年纪，17 岁的脾气。”12 个字，把我家妹子写活了。

以上只是随随便便举些例子，你不觉得内容够“谬”了吗？

近人在沉重的生活、工作压力之余，据说喜欢阅读如钱钟书先生主张的“思想的放假”和沈从文先生“情绪的体操”那样的书刊，《你画我写》的可读性，正在于此。此书写文化人，不涉“国家兴亡”，但耐人寻味；例如大家知道夏衍一生爱猫，丁聪的画和别人写的句子，都对着猫做文章，却绝口不谈他老人家不很便利的脚。又如黄苗子是否游过秦城？诸如此类，正如编者所云：留待后世索隐或考据家做点工作。让他们做这种“无益之事”，也是“遣有涯之生”的一法。不过，此是后话，并且与作者编者都无涉，按下不表。

值得补充的重要文化人，例如周扬、田汉、梅兰芳、齐白石、曹禺等等，完全容易补充到一百以至一百单八条好汉。中国人口多有很大的好处，可以随便挑选出参加奥运的运动员，就数以千百计，文化人选他一大堆，出它二集三集，五六十集，何足道哉？

再拖一条尾巴：文化人圈中，彼此熟悉的很多，但如果每人附入一百几十字简历，以便“武”化人或非文化人易于认识，似更完善。闻编者宗文（当是笔名）女士已表示：再版时定当接受此馊主意云。

说杨诗

——为《银翘集》写

奇士不可杀，杀之成天神；

奇文不可读，读之伤天民。

——龚自珍

记不得是谁给晋朝的老酒鬼刘伶编造一个故事，说刘伶的妻妾恨丈夫天天烂醉，便合谋把刘伶诱骗到一个丈把高的大酒缸，用梯子扶他上去看看缸中美酒。刘伶高兴地爬到缸口，妻妾便一把将他推入缸中，将他淹死。过了三天，妻妾爬上酒缸一看，这醉鬼半醒半醉地坐在缸底，酒早已被他吸干了，眼睛朝上对妻妾说：你们怎么搞的，不是答应让我痛饮三缸，解闷消愁，谁知却只让我喝这一缸，弄得我不得痛快。

现代的刘伶——宪益老儿，自然不会被戴乃迭夫人推入酒缸害死（除非他俩双双自动跳进酒缸），但是幻耶真耶，不免也有人企图淹死这讨厌老头，免得此人酒后不肯安定偏要“污染”。

宪益泡在酒缸里，今年80岁了，人没有淹死，却泡出一本《银翘集》。“久无金屋藏娇念，幸有银翘解毒丸。”像这样精彩的名句，除了学识天分，还得加上酒精，才能泡得出来。

我年轻时就很羡慕人会作诗、写字什么的。可是那时读了老杜《饮中八仙歌》，就已经感觉到酒和文艺的关系，“李白斗酒诗百篇”、“张旭三杯酒圣传”……而我从小就与酒无缘，小时候饮过一次，头晕呕吐，狼狈不堪。从此，就深信自己即使从生理上来说，也绝不是作诗的料。到后来和宪益交往日深，就更加相信自己俗骨生成。“诗酒风流”这句话，我沾不上边。

的确，十多二十年来，和杨宪益常常作打油诗，但当时家家户户买粮买油，都得凭“粮票”和“油票”，我们家和任何市民一样，每人每月配给油票五两，体内的含油量不多，即便打起“油”来，自己也觉干瘪无味。但我之为人，一向狡猾狡猾的，我用的是“抛砖引玉”之法，目的是把宪益的佳作引将出来。我自己也搞不清这算是“阳谋”还是“阴谋”，但宪益在那个时期，确实诗兴颇浓，写了不少好诗。

明遗民张岱（宗子）说：“盖诗文祗此数字，出高人之手，遂现空灵，一落凡夫俗子便成腐臭。”（《冰雪文序》）此话说得十分入理。

1985年,我因患痛风不良于行,在医院中卧床写打油诗消遣,曾寄给宪益博笑,宪益果然中了“抛砖引玉”之计,写来四首“打油”,现录二首如下:

一笑相倾腿便歪,犹思欢宴访蓬莱;
可怜贪嘴黄和尚,从此天天吃素斋。
好色贪杯尚不妨,狂言美食实堪伤;
小怜玉体横陈夜,已报 乔公见祖光。

因为痛风,医院禁荤,天天吃素,不免在诗中发点牢骚。不料杨公来诗,却把李义山咏北齐后主那首七绝“一笑相倾国便亡”,以及末二句“小怜玉体横陈夜,已报周师入晋阳”,硬安在我头上。把“国便亡”改成“腿便歪”,当时觉得啼笑皆非。记得那时天还热,腿走不动,只好乖乖地躺在病床上,这“玉体横陈”原是北齐后主的荒唐故事,却又把卧病在床玉体欠安的区区,联系上去。第一首第二句“访蓬莱”,是当时原有参加日本书法界活动之邀,所以是纪实。

画龙点睛的第四首末一句“已报乔公见祖光”,这原与鄙人的痛风病风马牛不相及,用此“今典”,只不过是朋友们关心而已。

我常常把中国旧体诗和西方现代派绘画做荒唐对比。两者的共同点是,都使人有美的感受。但都不容易理解。西方的现代派大师,都有扎实过硬的基本工,旧体诗的大家,亦不例外。

近年跟香港的饶宗颐、美国王方宇教授研讨八大山人的诗。饶、王两公博学于文，把八大诗中的僻典怪句，从佛经、从《世说新语》等书中，挖将出来。例如：

闻君善吹笛，已自无踪迹，
乘舟上车去，不辨主与客。

原来只是从《世说》中，王子猷为桓伊吹笛的故事变化为诗，古典是找出来了，但八大究竟指的什么？为什么要写此诗，今人还是茫然。理由是：古典有了根据，今典还是无从把握。除非是解人，而俗语说得好："解人难得。"

杨宪益的诗，好处也正在于此。近人有"朦胧诗派"，其实，中国自《诗经》以来，早已"朦胧"得可以，"关关雎鸠，在河之洲"，与"君子好逑"何涉？犹痛风之躺在床上与"乔公见祖光"无关一样。

在我保存下来的宪益诗稿中，不少这一类的妙句：乃迭夫人正在看张贤亮的新作《男人的一半是女人》，他老兄诗兴忽发，其中写成绝妙的：

如今狗肉充羊肉，半个男人是女人；
岁暮无聊常酒滞，风寒不耐久坑蹲。

"狗肉羊肉"、"男人女人"这又是风马牛不相及之事，但宪益七歪八缠，搞在一起，却别有风味，打油诗一作"歪诗"，诗歪得妙，或歪打正着，便是好句。这种胡搅蛮缠，不自今代诗人杨宪益起，杜甫老先生的“红豆啄残鹦鹉粟，碧梧吹老凤凰枝”，酒鬼李白的“白发三千丈，缘愁似个长”等等，俯拾即是，你如果一本正经地责问老杜：“红豆啄鹦鹉是错的，应当是鹦鹉啄红豆！”那么，诗王杜甫，就只好被你活活气死。

男人女人之外，宪益在来信中又把“风寒不耐久坑蹲”做了些解释：“几天之内，准备全部从办公室撤退，不再久占茅坑不拉屎了。想起谌容在《散漫的人》（这是谌容以宪益为影子写的一篇著名中篇小说）中的名句：‘大风吹屁股，冷气入肛门’，故写了‘风寒’句。‘蹲’字不好用，再续下去，恐怕困难了。”

旧体诗不好解，用古典还可查书，至于今典，有好多事，传媒云者，往往“大雅之堂”（是“不登”的）。而个人身边的今典，不经作者道破，也无法明白。但个人身边的事，和当时的气候风习等往往有关，例如“风寒不耐久坑蹲”之类。

无从明白之诗有好处，这并不是谬论。你读过李义山诗“锦瑟无端五十弦，一弦一柱思华年……”你明白他说的什么吗？可是千年来不少人摇头晃脑地一面吟诵，一面叹赏，一面还瞎猜什么“锦瑟是否令狐家的婢妾”等等，让你发挥想象，“雾里看花，水中捉月，觑着无由得近伊！”真是其味无穷。

我们的前辈朱孟实先生有一段名言：

> 中国向来注诗者好谈“微言大义”。从毛苌作《诗序》

一直到张惠言批《词选》，往往把许多本无深文奥义的诗，看作隐射诗，固不免穿凿附会。但是我们也不能否认，中国诗人好作隐语的习惯，向来很深。屈原的"香草美人"大半有所寄托，是多数学者的公论，无论这公论是否可靠，它对于诗的影响很大，实毋庸讳言。阮籍《咏怀诗》，多不可解处，颜延之说他"志在刺讥而文多引避，百世之下，难以情测"。这个评语，可以应用到许多咏物诗。陶潜《咏荆轲》、杜甫《登慈恩寺塔》之类的作品各有寓意，我们如果丢开它们的寓意，它们自然也是好诗。但是终不免没有把它了解透彻……（朱光潜《诗论》）

孟实先生此话，道出"隐"是诗的主要因素之一，文艺作品和新闻报道、政治宣传、科技论文本质不同，宜"曲"不宜"直"。"大声疾呼"的，既不是诗，也起不到文艺创作的应有效果。袁子才曾经说过：天上管文章的是"文曲星"，却不叫文"直"星。

《银翘集》的作者，是否酒星和文曲星下凡，且待小说考证家去证实。但《银翘集》这本诗，却是我们时代的产物。《文心雕龙》说："谐之言皆也。词浅会俗，皆悦笑也。昔齐威酣乐，而淳于说甘酒；楚襄宴集，而宋玉赋好色，意在徽讽，有足观者。"

谐字从"皆"，不但形声，兼有"大众化"的含意。读过杨宪益诗的人，大都有一种共同感觉：一是朴素清新的俏皮，二是沉痛伤心的笑谑。"辞浅会俗，皆悦笑也。"

冬天的蚊子和冬天的乌龟，选为诗题，已自突兀。其《冬蚊》云：

经冬蚊子尚嗡嗡，不适时宜笑小虫；
非是讨嫌多讲话，只缘一动便招风。

其《冬龟》云：

冬龟不动不鸣呼，免触霉头体自舒；
唯恐被人当废物，一朝扫进化灰炉。

蚊子翅膀一动，便会“招风”；乌龟不动吧，又怕被人当废物扔进化灰炉火葬了，动也不是，不动也不是。

好汉最长窝里斗，老夫怕吃眼前亏。

这是宪益在某次文代会上偶得的佳句，论对仗，不下于“久无金屋藏娇念，幸有银翘解毒丸”。论内容，更是令人忍俊不禁。说是“怕”吃，其实知道这老头的人，改为“专吃”更贴切些。《银翘集》中，此类佳作，真是俯拾即是。

我虽然佩服达尔文到恩格斯，但关于无毛的人是有毛的猴子变的学说，还有一点子想不通。不过我相信遗传说，如果人的祖先是猴子的话，最好的明证不是别的，而是顽皮嬉戏的性格遗传。

没有请教过杨宪益的生年属性，但我知道张之洞属猴，是从小说中看到的。张之洞在清末是方面大员，和我们杨宪益博士身世不同，但张之洞除了板着面孔上朝之外，其生活上调皮捣蛋，甚至写入《孽海花》中。猴子的性格被写在文学作品中刻画得淋漓痛快的，莫过于花果山水帘洞中那一位。《西游记》一书人人爱读，也只是因为孙悟空具备了岘傲、自由自在，具有顽皮不羁的性格以及游戏无碍的本领的缘故。

猴子在山野中顽皮游戏，掷果子，跃踉树丛，翻溪跳涧，无非是在吃、睡以外做点排遣时日的活动，没有什么严重意义。正如古人说的，“不为无益之事，何以遣有涯之生”。宪益兄写诗，也正如猴子跳树、翻山一样，不是说宪益就是猴子（其实我们也都是猴子），只不过说明人类除了吃、睡、生孩子之外，还必须做点别的活动，使大家和自己的日子都过得有意思，心情舒畅。猴子的顽皮游戏，是猴子生命的一部分，高等动物的人类，把这种活动加以升华，叫做文娱活动。

杨宪益并不讳言从小调皮，早年留英读大学时，在一个黄昏，曾在伦敦宿舍的窗口，用石头远远把逐个街灯砸得稀巴烂。这种顽皮举动，自然是像傅抱石先生在其得意作品中盖下的那方图章：“往往醉后。”

他游东北，见到兴城南的觉华岛，乃明朝海盗出没之处，今改名菊花岛，立有“菊花女”石像，于是顺手就凑了两句诗：“海盗居然成美女，旅游只管赚洋钱。”他游湘西，阻雨古丈县，写了一首七绝：“途中风雨正癫狂，又报前车遇塌方；还是暂留古丈好，虽然沉醉又何妨！”在旅途中阻于风雨，还有前路“塌方”，这在一般人的反应，一定愁苦焦急，怨声不绝，偏偏这位

“散淡的人”不但毫无反应，并且觉得能留在古丈喝酒是一乐也。他应邀到西安参加外国文学研究规划会议，住在离西安四十里的丈八沟，离城较远，交通不便，于是他便写成“暂住秦城作楚囚，假山假水景清幽。何当回转尘寰去，掉尾泥中得自由”。秦城原做陕西一城解，但他移做今典，即史无前例时代许多各界名人住过的地方。末两句是用庄子的乌龟寓言：“往矣，吾将曳尾于涂中。”意思是天上的弼马温，比不上人间的水帘洞大王自在。当然又是“猴子的把戏”……

古人有“游戏文章”之说，外国文艺理论家，也认为文学艺术无非是游戏的持续。

传说民国初年，一位土匪出身的军阀，从来未见过篮球赛，人家请他上台参观，看完之后，该军阀当众训话：“你们争来抢去，不过是为了一个球儿，这等傻事不要做了，本帅明天每人发给你一个球，这不就用不着去抢了吗?”这个蠢才军阀，不懂得游戏原不是为了每人争一个球，游戏只是人类精力的排遣。是人类祖先自由自在生活的遗传。

许多家庭出身不好的知识分子，曾经有过不怎么自在的，不短能日子。他们那时的心情，略如张岱《自题小像》中的几句话“功名耶落空，富贵耶如梦，忠臣耶怕痛，锄头耶怕重”。宪益不怕痛，但时代不同了，并没有人给他“咔嚓”一刀，扛锄头嘛，宪益是怕重的，他只能动动笔头。由于中英文都有卓越的修养，他翻译过《红楼梦》和其他他愿意翻译或仅仅是“为了工作嘛”而从事的翻译，他有过“卅载辛勤舅译匠，半生漂泊假洋人”之句。1993年，杨宪益受到香港大学名誉文学博士学位。他老先生写诗一首自嘲，内有句云“相鼠有皮真闹剧，沐猴而冠好威风”，相鼠有皮，典出《诗经》，本来是一首挖苦那“无耻”、“无仪”之辈的。他觉得居然有件博士服，是一闹剧。沐猴而冠，则公然自认是孙悟空了。《银翘集》中这种自嘲的诗也很多，但还是“辞浅会俗”，皆悦笑也。自然，这“悦笑”与嬉皮笑脸，有深沉和肤浅的严格区分。明朝的尚书赵南星，因狠心打腐，被魏忠贤矫旨落籍，遣戍代州，他老兄就在戍所，写成《笑府》一书。赵南星生不逢时，却留给后世一丝傲笑，这笑话有血有泪，带着人世的伤痕。

“我本是卧龙岗散淡的人。”诸葛先生唱《空城计》时气定神闲，但这一瞬间，沉重的历史使命，社稷安危，令他内心十分激动。这散淡的外表，内涵着神圣的忧危。我无意把杨宪益“拔高”到诸葛亮。但眼下有些读书人那种茫茫然、戚戚然的心情，从哪里去找到抒散呢？

幸有银翘解毒丸！